君と夏が、鉄塔の上

賽助
Saisuke

Discover

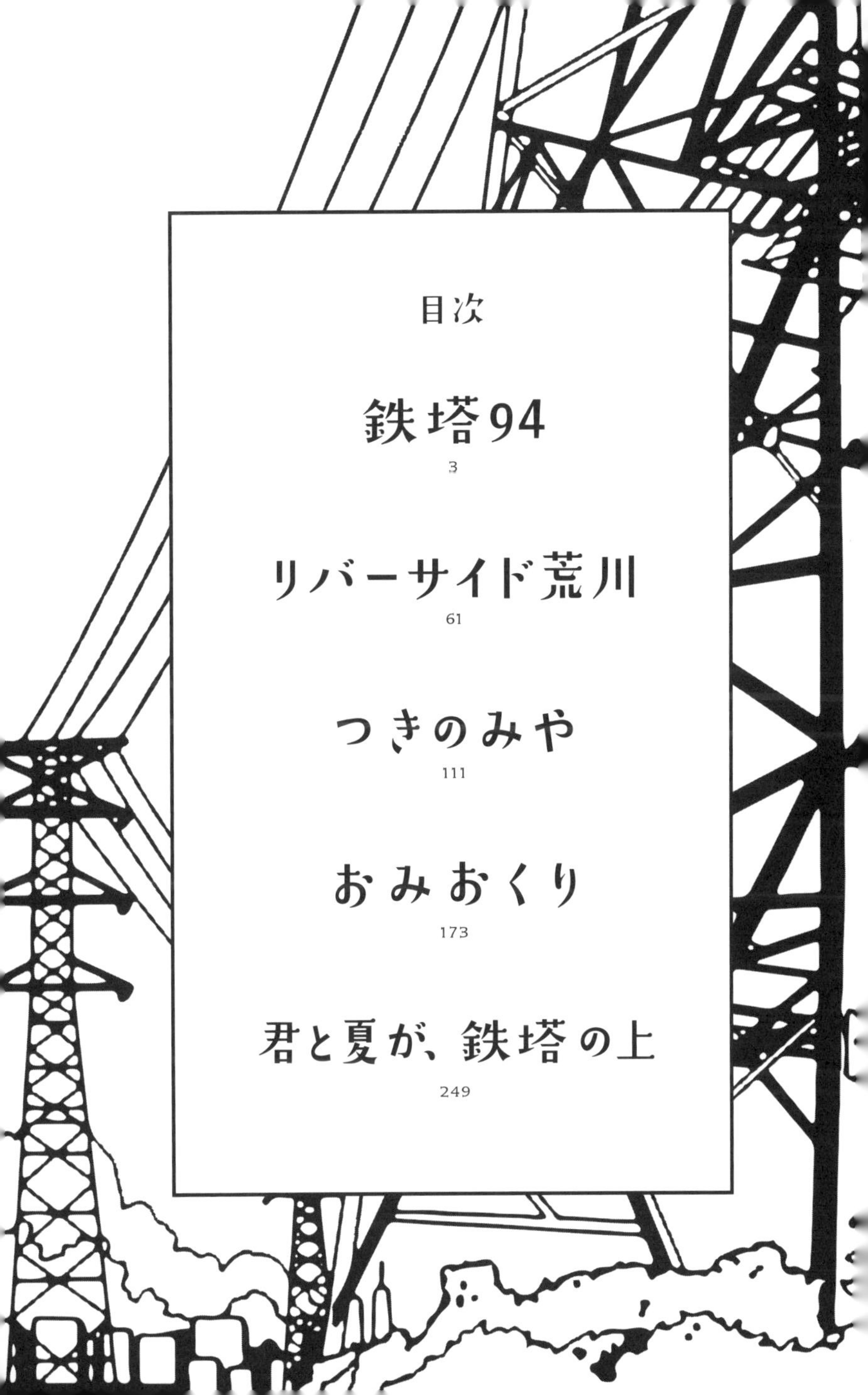

目次

装画　栄太
装幀　bookwall

鉄塔94

帆月《ほづき》が屋上から飛んだ。僕はそれを教室から見ていた。

中学生活の最後の夏休みに入る、少し前のこと。傾き始めたオレンジ色の陽光が机や椅子の影を引き伸ばしている教室内で、部活に出ようか、それとも帰ろうかとぼんやりしていると、窓の外、校門から校舎へと続く道あたりに人だかりが見えた。たくさんの生徒が一角に集まって、一斉に空を見上げている。

いったい何だろう、と彼らの視線の先に目を動かしてみると、向かいの校舎の屋上に人影があった。こちらの校舎の方が高いので、僕がいる教室と向こうの校舎の屋上とはちょうど同じ高さだ。だから、屋上の様子がよく見えた。

一人の女子生徒が屋上にいた。時折《ときおり》吹きつける風に、黒くて長い髪がなびいている。どういうわけか、彼女の側《そば》には自転車が置かれていた。

窓際に駆け寄って目を凝らすと、その女子生徒が帆月蒼唯《ほづきあおい》であることが分かった。セーラー服のスカートが煽《あお》られ、ほっそりとした足がちらちらと覗《のぞ》いているのも気にせず、彼女は屋上の端を沿うように歩き、時折階下を見下ろしていた。

向かいの校舎の屋上は人が立ち入ることを想定されていないため、フェンスが張られていない。僕は帆月の様々な噂《うわさ》をいくつも耳にしていたから、また何か変なことをやり始めた、と思いはしたけれど、ではいったい何をするつもりなのか、まったく見当が付かなかった。

帆月は薄い木の板を屋上の端の段差に置くと、強度を確かめるようにぐっと足で踏んだ。そして、満足したように頷《うなず》くと、次は自転車の方へ歩いて行き、その場にしゃがみ込んで何やら作業をし始めた。時折ノートを覗きながら、大きくて薄っぺらい板状の物を、サドル後方に突き立った鉄パイプの先端に取り付けていく。自転車よりも大きいその白い板は翼のようで、自転車の前籠《かご》の先には、大きなオレンジ色のプロペラが取り付けられていた。

――まさか……あの自転車で飛ぶつもりなのか？

彼女のいる場所は三階建ての校舎の屋上だ。そこから飛ぼうだなんて、とても正気とは思えない。

いくらなんでもさすがに、という思いと、それでも帆月ならやるかも知れない、という予感が一瞬で混ざり合い、僕はこれから起こる事態に唾を飲み込みながら、じっと彼女の動向を見つめた。

そんな僕の思いをよそに、帆月はてきぱきと自転車に部品を取り付けていく。階下の生徒たちは、帆月の姿が見えないからか、互いの顔を見て首を傾げながら、どうなるのだろうと空を見上げている。

すべて組み立て終わったのか、帆月は工具をまとめると、自転車のハンドルを握り、屋上の端――先ほど木の板を置いた場所――をじっと見つめた。首にぶら下げていた、飛行機乗りが使いそうなゴーグルを掛け、羽の付いた自転車にまたがった帆月は、まるで背中から翼が生えているみたいだった。

彼女が少し体を揺らすと、スタンドが上がり自転車が進み始めた。そのスピードに合わせるように、プロペラがゆっくりと回り出す。

帆月は立ち上がるように、懸命にペダルを踏んだ。初めは右へ左へとふら付いていた自転車は、その内に一気に加速を得て、木の板が置かれた屋上の一角に向けて勢いよく進んでいく。

「え⁉　ちょっと！」

僕は思わず声を出してしまった。

嘘だろ？　本気なのか？　そんな言葉が頭の中を駆け巡る。

やがて、帆月を乗せた自転車はその加速を失わぬまま、屋上から空中へと飛び出した。

「あ！」

そう叫んだのは僕だったか、それとも階下にいた生徒たちか。一斉にどよめきが起こり、どこかの女子生徒が悲鳴を上げた。

自転車がふわりと浮力を得た——と思ったのもつかの間、はたして帆月を乗せた自転車は、校舎下のイチョウの木へと突き刺さるように落ちていった。

大きな音を立てて自転車がイチョウの枝葉の間を滑り落ち、まずは帆月が、その次に自転車が地面へと落下した。幸い、自転車が彼女の体に落ちることはなく、木の幹のそばでクシャクシャに潰れていた。白く大きな羽はバラバラになっていて、イチョウの木の枝の至る所に引っかかっていた。

一部始終を見ていた生徒たちや、騒ぎを聞きつけた教師たちが集まり、大事な壺《つぼ》でも取り扱うようにして帆月は運ばれていった。これは後で聞いた話だけれど、落下の衝撃で帆月は右腕の骨にヒビが入り、全身数箇所を裂傷、打撲していたそうだ。そして彼女はしきりに「計算を間違えた」と悔しそうに呟《つぶや》いていたらしい。

帆月蒼唯は、おかしな女だった。中学三年になって初めて同じクラスになったから、昔のことはあまり知らない。前から活発な印象はあったけれど、もっとマトモだったと思う。それがどうしたことか、今では歩く爆弾みたいになってしまった。だから、率先して彼女に近付こうとする生徒もほとんどいない。

帆月が運ばれた後も、僕は呆然《ぼうぜん》と、落っこちた自転車と壊れた羽を眺めていた。

○

蟬《せみ》の鳴き声もいい加減うんざりしてきた八月の初め。夏休み真っただ中。

今日は登校日と定められているので、僕は狂った生活時間を無理やり捻《ね》じ曲げて、何とか学校に登校した。久し振りに浴びた朝の日の光はとても眩《まぶ》しく、夜型生活を送って弱っている僕の肌を容赦なく焼いていく。僕は一旦眼鏡《めがね》をずらし、目頭を指で摘《つま》んで何度か瞬きをすることで、目の調子を整えた。

けれど、いざ登校してみると、出席している生徒の数はまばらだった。

「黒くなったなあ、お前」

「このまえ遊園地行ったって本当？」

「毎日部活だもん、そりゃ焼けるよ」

「家族でね。旅行みたいなものだよ」

色々とクラスメイトが話していた内容を聞く分には、田舎《いなか》に帰省するだとか、旅行の予定がある生徒だとかは休んでもいいらしい。何だよそれ、先に言ってくれよ、と思いもしたが、よく考えれば僕には帰れる田舎もないし、かと言って旅行に行く予定もなく、ましてやうちの家族がズル休みを許すはずもないので、どうやったって僕は登校日にきちんと登校する以外、選択肢がないのだった。

ともあれ、休んでいるクラスメイトはどこかでのんびりと羽を伸ばしている、なんて具合だから、全体的にだらけた雰囲気が漂っていたけれど、いつもは空いているはずの僕の前の席が埋まると、途端《とたん》にクラス内に緊張が走った。

「おい、あれ……」

「うわー、マジかよ」

僕の前の席に座っている比奈山優《ひなやまゆう》という男子生徒は、中学二年の中頃くらいから不登校で、今学期も数えるほどしか学校に来ていなかった。

二学期からちゃんと登校するつもりなのか、それとも、ただ出席日数を稼ぎにきたのかは分からないけれど、前の席が埋まると、何か起こるのではないかと緊張してしまう。チビで瘦せっぽちの僕が言えた義理ではないけれど、ほっそりとした比奈山の背中を見ながら、僕は少し椅子を後ろへ下げた。

結局何が起こるでもなく担任の朝の挨拶が終わり、恒例の校舎の掃除。それぞれ出席番号順に掃除場所が割り振られ、僕は学校の端にある柔道場の裏側担当に決まった。教師から竹《たけ》箒《ぼうき》を渡され、足取り重く掃除場所へと向かう。女子生徒たちが仲良さそうに雑談をしながら、ついでとばかりに掃除をしている横で、僕は黙々と落ちた葉っぱなどを集めた。

掃除が終われば、再びぐうたらな夏休みが僕を待っている。悠長《ゆうちょう》に誰かと話している暇などないのだ。話す相手もほとんどいないけれど。

竹箒で地面を掃きながら、そろそろ塵取りでゴミを集めようかと考えていると、視界の端に、台形をした緑色の塵取りが、ごん、と置かれた。何て気の利いたタイミングだろう、と顔を上げると、それを持ってきたのはあの帆月だった。

「伊達《だて》くんってさ、鉄塔に詳しいんだよね?」

帆月は塵取りを構えながら、そう言った。

「え？　どうして」

声が裏返る。帆月との会話は、クラスの不良に話し掛けられるよりも緊張する。

「ほら、こないだの読書感想文。何か鉄塔の本を読んだとかで、先生に褒《ほ》められてたじゃない」

「ああ、うん。まあ……」

確かに、六月の課題として、担任から読書感想文の課題が出た。僕はそこで本を読んだ感想と、自分の実体験を混ぜ合わせた感想文を書き、本当に久し振りに先生に評価されたのだ。

帆月の口から『鉄塔』という単語が出たことに驚いたけれど、それよりも、彼女がここにいることが見つかって、それで先生たちに怒られやしないかと、僕はそっちの方が心配で、あたりを見回した。帆月の担当する掃除場所は、確か校舎内のはずだった。

「あのさ」

彼女は構わず話を続ける。

「秋ヶ瀬《あきがせ》公園の所に鉄塔あるでしょ？」

秋ヶ瀬公園とは、さいたま市を流れる荒川左岸に広がる公園のことだ。この中学校からもそう遠くはない。

「あるけど……秋ヶ瀬公園って言っても、結構《けっこう》広いよ」

「マンションの横にある鉄塔なんだけど」

「マンション？」

「ええと、ほら、あの貯水池の近く。何て言ったっけ」

「彩湖《さいこ》？」

「そう、それ」

「それだと、京北線《けいほくせん》と笹目線《ささめせん》があるけど」

「何それ」

「鉄塔の路線の名前」

「へー。名前が付いてるんだ」帆月は感心したように何度か頷いた。

送電鉄塔にはそれぞれ、どの区間に電線を渡しているかを識別するための名称がつけられている。鉄塔の下部を見れば、ちゃんと名称を記したプレートが添えられているはずなので、驚くようなことじゃない。

「彩湖の真ん中を通るなら笹目線。北側を通ってるのは京北線」

「うーん、けいほくせん、かな」

「じゃあ、京北線93号鉄塔かな」

「ああ、でも、私が言ってるのは土手より外側にある鉄塔なんだけど」

「マンションの隣？　なら、94号鉄塔だね。小さな公園の横にあるやつ」

「そうそう！　よく知ってるね」

帆月に褒められて、僕は少し照れてしまった。

女の子に褒められるなんて滅多にあることじゃない。そもそも女子生徒とはほとんど会話をしないし、僕は成績も悪く運動も苦手だから、母親にさえあまり褒められないのだ。

「あの鉄塔って、何か特別だったりする？」

「特別？」

「曰《いわ》く付きの鉄塔だとか……おかしい所があるとか」

帆月にそう言われ、僕は94号鉄塔を思い浮かべた。さすがに細かな部分まで正確に思い出せるわけではないけれど、とくに変な鉄塔ではなかったと思う。

「等辺山形鋼《とうへんやまがたこう》の料理長型女鉄塔《りょうりちょうがたおんなてっとう》だったと思うよ。154キロボルトの二回線。このあたりじゃとくに珍しい鉄塔でもないと思うけど」

「へぇ」帆月はぽかんと口を開け、目を丸く見開いた。よく知っているね、という顔だろう。種を明かせば、先月の読書感想文で、その鉄塔で昔遊んでいたことを書いたから、僕の中の記憶が更新されていたというだけの話なのだけれど、そこはあえて言う必要もないだろう。帆月が京北線94号鉄塔の名を出してくるなんて、すごい偶然だった。

「伊達くんって、ちょっと気持ち悪いね」

「え?」

「よく分からないけど、普通の鉄塔ってこと?」

「あ、そうだね」

「……そっか」

帆月は少し残念そうに肩を落とした。そして、塵取りで地面を軽く叩き、「ほら」と促す。

僕は言われるがまま、集めたゴミを塵取りに入れた。竹箒でゴミを塵取りへと運び、集め損ねたゴミのために塵取りを後ろにずらす――という動きを何度か繰り返し、だいたい集め終わると、帆月は何も言わずに柔道場から離れていった。


掃除の時間が終わり、再び教室に戻る。無理やりに生活時間を変えたのと、掃除で体を動かしたということもあって、若干の眠気に襲われていた。僕は腕を枕代わりにして机に突っ伏し、目を閉じた。うつ伏せのまま、しかし眠りにつくでもなく、教室の方々で飛び交っている話し声を何となく聞いていると「帆月」と彼女を呼ぶ男子生徒の声が聞こえ、僕は寝たままそちらの方向へ耳を澄ませた。

「借りてた望遠鏡、いつ返せばいい？」

「ああ、あれ。別にいつでも。もう使わないから」

「え？　なんで」

「天文部、七月で辞めたんだ。だからいつでも。部で使っててもいいよ。名前書いちゃってるけど、気にしないで」

帆月があっさりと答える。

彼女はころころと部活を変えることで有名だった。中学三年の一学期が始まってから今までの間で、すでに十種類ほどの部活に入っては、すぐに退部しているらしい。

「あ、そう……」男子生徒が気落ちしたような声を発する。確か、彼は昔から帆月のことが好きだったはずだ。いつだったか、帆月のいない教室内で、そんな彼を茶化すようなやり取りがあった。昔の帆月は、奇抜な行動を取るなんてことはなくて、快活な女子という感じだったから、その時の印象をひきずっている生徒は、こうして頑張って彼女に近付こうとして、そして散っていく。

「あ、本貸してたよね。あれはもう読んだ？」

「本？　本って、何だっけ？」

「星座の本。あの、オリオンが表紙の……」

「あ、借りてたね。うん。返す返す。大丈夫。忘れてないよ」

帆月は念を押すように「忘れてない」と繰り返す。おそらく忘れていたのだろう。

二人の会話はそこで終了したようなので、僕は再び他の方向へアンテナを伸ばす。夏休みの話、塾の話、付き合っただの別れただの、いつもと変わらない会話が教室中を回っている。

そして、誰かが僕の席のすぐ側を通り、僕の腕を風が触った。

「あのさ」

すぐ近くで声がした。その声が帆月のものだったので、僕は顔を上げようとしたが、前の席から「ん」と短い返事。彼女が自分に話しかけているわけではないのだと分かり、僕は上がろうとする頭を首の筋肉で何とか押さえつけた。

「比奈山くんって、お化けが見えるんだよね」

帆月の言葉に、比奈山が小さく溜息をつく。何だか物音一つ立てることが憚《はばか》られ、僕はじっと寝たふりを続ける。

「まあな」と比奈山が冷たく答えた。

比奈山はお化けが見えるらしいのだ。

彼が不登校になったのは、二年の梅雨《つゆ》頃に起こった幽霊騒ぎが原因だった。

「○△×△！」

雨がゆっくりと降り続け、教室の天井あたりに眠気の空気がどんよりと溜《た》まっているような、給食後の何とも言えない微睡《まどろ》みの中で、比奈山が急に悲鳴を上げたのだ。あまりにも尋常じゃないその叫喚《きょうかん》に、半ば眠っていたクラスの皆が驚き、比奈山の奇行に怯《おび》えた。

比奈山は目を見開いたまま、教室の天井あたりを見つめ、まるで何かを追い払うように激しく手を動かしていた。比奈山から吐き出される言葉は不明瞭で、懇願のようでもあり、怒りに満ちているようでもあった。机を撥《は》ね除《の》け、椅子を蹴飛ばし、比奈山は教室内を逃げるように駆け回った。やがて比奈山は僕の机に盛大にぶつかる。机の上にあった筆箱が床に落ち、鉛筆や消しゴムが散乱する。

その時、一瞬こちらを見た比奈山と目が合った。比奈山の目、その瞳孔はビー玉のように大きく、僕を見ているようでもあり、僕の遥《はる》か後ろを見ているようでもあり、とても怖かったはずなのに、彼から視線をそらすことが出来なかった。

その時授業をしていた国語の先生と、騒ぎを聞きつけてやって来た隣のクラスの先生に押さえつけられるようにして抱えられ、彼は保健室へと運ばれていった。

その騒ぎ以降、比奈山はほとんど学校に来ていない。担任の話では、比奈山は色々と問題を抱えていて疲れている、と説明があったけれど、生徒は誰も信じなかった。あいつは呪われているんだ、いや、おかしな薬をやっているか、脳の病気なんだ——そんな噂が飛び交っていた。仲良さそうにしていた当時のクラスメイトも、今では比奈山に近寄ろうともしない。

それどころか、珍しく比奈山が登校してきた次の日には「どうして学校に来るんだろう」なんてことを言ったりする。比奈山とよく遊んでいた連中はクラスでも活発な男子生徒ばかりだったのだけれど、僕はそれを聞くたびに虚《むな》しい気持ちになった。比奈山も帆月と同じで、周りからすれば爆弾のようなものなのだ。

「じゃあ、妖怪も見えるの？」

比奈山の態度に臆することなく、帆月が訊《たず》ねる。妖怪という突拍子もない響きに、僕も、おそらく比奈山も驚いた。

「妖怪？」

「うん、妖怪。見える？」

「いや……妖怪は、まだ見たことないな」

帆月があまりに真剣な声だからか、比奈山は気圧《けお》されたように答える。

「そっか。でも、幽霊については詳しいってことだよね？」

「一応。いや、どうだろう」

「あのさ、鉄塔にまつわる幽霊の話って知らない？　妖怪でもいいんだけど」

彼女の口から再び「鉄塔」という単語が出てきた。鉄塔と幽霊、鉄塔と妖怪。どちらにしてもおかしな組み合わせに聞こえる。

「何だそれ」

比奈山は鼻で笑った。

「けい……ひんせん94号鉄塔っていう鉄塔が、秋ヶ瀬のマンション脇に立ってるのよ。小学校の近くの」

違う。京北線《けいほく》だ、と僕はうつ伏せのまま心の中で訂正した。

「その鉄塔にね――」

そこで、ガラガラと教室のドアが開き、担任の村木《むらき》が入ってきた。僕が体を起こすと、すでに帆月は自分の席に戻っていて、比奈山も前を向いている。村木が「うるさいな」と言いながら、わんわんと鳴く蟬の声を窓の外へピシャリと閉め出し、それからホームルームが始まった。

「今までの夏休みの間、どこか旅行に行ったやつはいるか?」

村木が言うと、教室の方々からどこに行った、どこに行く、という声が上がる。僕は「ずっと家ですよ」と、誰に言うでもなくこっそり呟いてみた。

「明日からもまた夏休みだが、ハメを外さないように」村木が釘を刺す。

その後、夏休みに行われたらしいサッカーの大会でうちの中学が準決勝まで進んだことを褒め、クラブ活動に勤《いそ》しんだクラスメイトに拍手を送る。

ホームルームはそんな感じで、諸連絡や諸注意の話ばかりだった。そしてその間中、前に座っている比奈山も、ちらちらと帆月のことを気にしているようだった。

ホームルームが終わり、皆が夏休みへと戻って行き静かになった教室で、僕は数人の部活仲間たちと会議をしている。窓の外、校舎のすぐ側に生えた木には蝉が止まっているようで、じりじりと擦《こす》るような鳴き声が教室に響いていた。

「課題の進捗状況を発表してもらう」

大きな体を揺らしながら渋面《しぶづら》を作ったのは、地理歴史部部長の木島《きじま》だ。先ほど冷房は運転を止めてしまい、木島は額から多量の汗を流している。

地理歴史部は僕ら三年生が五人、二年生が二人、一年生が一人の計八人という弱小文化部だ。代を追うごとに先細りになっていって、僕らの代が抜けてしまえば、地理歴史部の未来はほとんどないだろう。もちろん、部室なんてものが与えられるはずもなく、どうにか担任の許可を得て、部員達が僕の教室に集まって活動しているという、実に虚《うつ》ろな部活だ。顧問はうちのクラスの担任である村木だが、村木はサッカー部との掛け持ちなので、こちらに顔を出すことはほとんどない。

そんな村木が、夏休みに入る前に「後輩たちに何か遺《のこ》せるものを作れ」と言い出した。そして、教師の命令に逆らう気概も見せず、部長木島は「はい、喜んで」と安請け合いをした。その結果、僕ら地理歴史部の面々は、夏休みの宿題よろしく課題に取り組まねばならなかったのである。

僕らが取り組む課題は、学校周辺の精巧な地図作りだった。インターネット地図を超える最新版の地図を作成する、と提案者である木島は鼻息を荒くしていた。木島がやる気になってしまったのなら、僕らに異論を挟む余地はない。部員たちはほとんどが受動的で、地理歴史部は部長である木島一人の行動力で持っているようなものだからだ。

しかし、実は木島にも算段があったようで、彼は前々から一人で周辺地図を作製していたらしい。それを今回の課題に持ち回し、さらに一人では大変な地図作製の労働力を、部員によって補ってしまおうという魂胆《こんたん》だったようだ。

ともあれ課題は決定され、それぞれが分担して地図作製に携わることになった。工事現場担当、廃墟《はいきょ》担当、路地担当とそれぞれ得意な分野を割り当てられる。僕は当然鉄塔担当だ。登校日に一度、それぞれ担当場所の進捗状況を持ち寄り、地図に記入することを約束していたのである。

僕は夏休みが始まる前から作業に取り掛かり、あっと言う間に終わらせてしまった。それらを大きく広げられた地図に記入していく。

地図には学校を中心に、左手に荒川、右手には駅と線路が記されており、最近完成したビルやマンション、埋め立てられてなくなった川の現在の状況、廃墟、廃ビルの状態、あるいは駅前の都市開発の進捗状況までが事細かに書き込まれている。一般の地図と違ってずいぶんと偏った情報ばかり載っており、はたしてこれでいいのかという気分になる。

「これを企業に持っていったら、結構な額で買い取ってくれるんじゃないか」

予想以上に捗《はかど》った地図を眺めながら、木島は鼻を膨らませた。それはあるかも、いくらになるだろうと部員たちが笑う。

「駅前なんかはまた新しいビル建て始めたぜ。親父《おやじ》に聞いた話じゃ、そもそもちょっと前はあそこに駅なんてなかったらしい」

木島の説明を受け、うわ、不便だなと声が上がる。その反応に満足したのか、木島は大きく頷いて見せた。

「街は成長するんだ。生きている。そして、細かな所で死んでいる。だからこそ、こうして今現在の地図を残すことに意義があるわけだな」

木島はダラダラと流れる汗を制服の肩口で拭《ぬぐ》い、偉そうに言った。

「今あるビルや工場だって、いつかなくなって、また別の建物がつくられる。そこが前何だったのか、どんな建物だったか、誰も覚えてない。忘れられた時に、その建物は死ぬ。救えるのは、街を記憶する俺達だけだ」

木島の演説が終わり、部員達は皆、神妙な面持ちで頷いた。

忘れられた時、街は死ぬ――これは木島が考えた言葉で、地理歴史部のテーマとなっている。真理だろう、と木島が偉そうな顔をするのであまり褒めたくはないのだが、先日の読書感想文でこのテーマをこっそり引用したら、担任に褒められてしまった。

「それはいいんだけど……この駅前の工事現場なんだけどさ、今何階まで出来上がっているとか、クレーンの台数とか、そんなことまで書く必要あるのかな」

僕は駅前の空き地にびっしりと書き込まれた文字を指差す。

「なんだと」

「いくらなんでも文字情報が多すぎると思うんだけど」

「いいか、伊達」と木島は太い指で地図をトンと叩いた。「いずれこのビルは完成する。けど、そうなってしまったら、人々にはこのビルが、いつ着工していつ竣工《しゅんこう》したかしか分からない。だけどな、この地図があれば、地図の完成した日付から、工事の進み具合までが浮かび上がるんだよ。例えばこの地図を一年――いや、一ヶ月毎《ごと》に発行してみろ。少しずつ変化していく街の流れを追うことが出来る素晴らしい作品になるじゃないか」

木島はグッと拳を握り締めながら、大仰《おおぎょう》に語る。

「写真の方が早いんじゃ」という僕の言葉を「シャラップ」と遮ったが、しかしすぐに木島は思案顔になり、

「写真か……でも、そうなると地図自体を大きくする必要があるし……折り曲げて保管出来なくなるしなあ」などとぶつぶつ言い出した。

「おい、あれ」

その時、部員の一人が窓の外を指差した。

「屋上、あれ帆月じゃね？」

「屋上」「帆月」という単語を聞いて、僕はすぐに窓の外へと視線を向ける。向かいの屋上には数人の教師と、彼らに囲まれた一人の女子生徒――それはやはり帆月で、彼女は取り囲む教師たちに対して声を張り上げていた。何と言っているかは分からないけれど、むしろ帆月が教師たちに説教をしているようにも見えた。

帆月の脇には、これもやはりと言うべきか、大きな羽の付いた自転車が置かれていた。前の自転車と比べると、左右の羽が斜め上に向いていて、若干形が違うような気がする。

「アイツ、また飛ぼうとしてたのかな」

「俺はああいうのとは付き合えないわ」

「アレがなきゃ可愛《かわい》いんだけど」

部員たちが口々に呟く。僕らは自分のことを棚に上げて、かなり上のほうから物を言うのが得意だった。

僕は、ただ黙って屋上の様子を眺めていた。多くの教師に諫《いさ》められ、帆月はしぶしぶといった感じで自転車の羽をたたむと、屋上から姿を消した。

教室の中央で木島が地図を指差しながら、部員に自分の手柄を報告している。僕はその輪には加わらず、帆月が飛ぶつもりだった青空と、ぷかぷかと浮かぶ白い雲をぼんやりと眺めていた。

明日からまた、何の予定もない夏休みだ。

○

また夜更かしをしたので、昼過ぎに目が覚めた。窓の外の電信柱《でんしんばしら》に止まっているのか、蝉の声がいつにも増して五月蝿《うるさ》い。「八月蝉」でうるさいと読んでもいいんじゃないか。蝿《はえ》はどちらかと言えば煩わしい方だし——などと考えながら一階の台所に下りてみると、家には誰の気配もなかった。父も母も働きに出ているのだろう。ぼんやりとテレビを見ながら、用意されていたおにぎりを頬張る。

二つ食べ終えたところで、ふと、今日くらいは外へ出かけようと思い立った。

太陽に照り付けられたせいで、自転車のサドルはとんでもない熱さになっていた。型の古いデジタルカメラと、麦茶の入った水筒をリュックに詰め込み、自転車の前籠へ放り込む。尻を焼かないように、立ったままの姿勢で自転車を漕《こ》ぎ出すと、ほんの少し漕いだだけで額から汗が噴き出した。その半分は目に入り、あとの半分は僕の平坦な鼻や頬を流れていく。

しばらく漕ぐと、正面に京北線の流れが見えてくる。コンビニの隣に立っている99号鉄塔にぶつかったら、左へ折れて、98号鉄塔方向へと進む。99号も98号鉄塔も、送電線をV字に吊《つ》っていて、このあたりの京北線は大抵この形をしていた。

高速道路を潜《くぐ》り、背の低い住宅地の間に立つ95号鉄塔を横目に進むと、目当ての94号鉄塔が眼前に現れた。鉄塔の手前には大きく切り取られた田圃《たんぼ》が広がり、鉄塔の向こう側にはこげ茶色のマンションが建っていた。送電線はそのマンションの屋上を越え、荒川土手にある小さな93号鉄塔へ向かっているはずだ。

悠然《ゆうぜん》と聳《そび》える鉄塔を眺めながら自転車を漕いでいたので、危うく転びそうになった。

鉄塔は、見れば見るほど不可思議な形をしていて、どれもこれも想像以上に背が高い。そしてそこには、高圧電流が絶えず流れ続けていて、静かに唸《うな》り声を上げている。だから僕はそんな鉄塔の側に寄ると、感動と同時に畏怖《いふ》の念を覚えてしまうのだ。それが平衡《へいこう》感覚を失わせる大きな要因となっているのだろう。

一度鉄塔から目を離し、しばらくは自転車を漕ぐことに専念する。僕の自転車のサドルはぺったんこなので、ちょっとした段差を乗り越えるたびに尾骨が悲鳴を上げた。

道はこげ茶色のマンションにぶつかり、T字に分岐している。僕はそこまで一気に自転車を漕いだ。T字の左側の角には小さな公園があり、パステルカラーに塗り分けられた滑り台やブランコ、回転する丸いジャングルジムが置かれ、砂場には子供の忘れ物であろう小さなスコップが半分ほど埋もれたまま突き刺さっていた。公園の一番奥にあるブランコの後ろに、背の高いフェンスに囲われた94号鉄塔の脚部が見える。

公園には木々が植わっているので、見上げても鉄塔の全容が窺《うかが》えない。しかし、木の枝が日を遮っているため幾分涼しげだった。

公園の入り口に自転車を止めて、リュックからデジタルカメラを取り出し、鉄塔全体が見えるように公園から少し離れてみる。そうしてカメラを構え、何枚か撮影した。鉄塔を右に据《す》えてみたり、カメラを斜めに構えてみたり。我ながらいいアングルだと自分の腕に酔いしれる。

しかし、鉄塔に蟬が一匹止まっている以外は、ごく普通の料理長型女鉄塔で、別段不思議な点は見受けられない。料理長型と言うのは、その形がまるでコック帽を被っているように見えるからで、女鉄塔と言うのは、絶縁体である碍子連《がいしれん》——白くて小さな円盤がいくつも連なったもの――が前後に張られている鉄塔のことだ。反対に、碍子連が縦にぶら下がっている鉄塔は男鉄塔《おとこてっとう》と呼ばれている。僕は帆月に伝えた94号鉄塔の精確さに満足すると同時に、ではいったい、帆月は何が気になったのだろうと考えた。

鉄塔と幽霊、あるいは鉄塔と妖怪。帆月はそう言っていたが、そんな話は聞いたことがないし、やはりどうにも不釣合いに思えてしまう。

しばらく眺めていると、陽の暑さのせいか、長時間首を上向きにしていたからか、くらくらしてきたので、木陰で一休みするために僕は公園内へ入った。

園内にはいくつか木製のベンチが置かれている。入り口からでは木の陰になっていて見えなかったけれど、ブランコの右横にもベンチがあり、公園と鉄塔を隔《へだ》てる役割も兼ねているフェンスに沿うように置かれていた。

そして、そのベンチには、同じクラスの比奈山が座っていた。僕は驚き、その場に立ち止まった。誰もいないと思っていた公園、さらに、私的な時間に見知った顔に出くわした気まずさとが相まって、小枝一本踏む音を立てることさえためらわれる。

比奈山は背筋を反り、顎《あご》を空に向けるようにして座っている。ただ空を見上げるには、少し窮屈そうな姿勢だ。どうしたものかと立ち尽くしていると、やがて、顔を下ろした比奈山と目が合った。

切れ長の鋭い目に射抜かれると、思わず竦《すく》んでしまう。いつもはサラサラな比奈山の髪の毛は、その毛先が汗で濡れて枝分かれしていた。

比奈山の結ばれていた口が「お」と小さく開いたけれど、それ以上は何も言わなかった。公園内に入ったばかりの僕がすぐさま立ち去るのもおかしな話なので、僕は軽く片手を上げ、比奈山に挨拶をしてみる。

「お前って、このあたり？」

どう言葉を発しようかと思いあぐねている間に、比奈山がそう言った。

「あ、いや」僕は首を振り、自分が自転車でやって来た道を指差す。比奈山はさして興味なさそうに「ふん」と頷いた。

「お前、ここで何してんだ」

「あ、ほら、鉄塔……」僕は公園の外を指していた指を、そのまま、比奈山の後ろに聳えている鉄塔へと向けた。

「なんで？」

「いや、この鉄塔に何かあるんじゃないかって、昨日」

「ああ、帆月か」

比奈山はそう言いながら、再び背筋を反り、空を見上げた。太陽の光が眩《まぶ》しいのか、睨《にら》むように目を細めている。

それからしばらくの間、蟬が鳴くばかりの、会話のない時間が過ぎていく。

幽霊騒動が起こる少し前の比奈山は、人当たりがよく、比奈山の周りにいた運動部連中のように、非運動部の僕らを馬鹿にする素振りも見せず——もちろんこれは僕ら特有の被害妄想なのだろうが――、比奈山とは挨拶程度しか話をしたことはないけれど、比較的に好印象を抱いていた。でも、幽霊騒動が起きてからの比奈山はみるみるうちに荒《すさ》んでいって、ひょっとしたらこちらの姿が本当の姿だったのかも知れないけれど、ぎすぎすとして近寄り難い雰囲気になった。もっとも、比奈山自身が学校に来なくなったので、顔を見る機会も滅多になかったのだが。

あんなことがあって、周りからも陰口や意味深な視線を送られたら、比奈山がこんな風になってしまうのは、あるいは仕方のないことなのかもしれない。かく言う僕だって、今でも、あの時みたいに比奈山が急に騒ぎ出すのではないかと恐れている部分がある。

「……何か見えたか」

「ううん――」僕は再び鉄塔を見上げた。「別に、普通の鉄塔に見える」

「そうか」

比奈山は納得したのか小さく頷いた。

彼はしきりに、首からぶら下げた何かを触っている。最初は家の鍵か何かかと思ったけれど、よく見るとそれは細長い紐《ひも》で繋《つな》がれた紫色の小さな布袋で、神社などで買えるお守りのように見えた。

僕の視線に気が付いた比奈山は、小さく舌打ちをしながらそれをTシャツの中へしまい込んだ。

「暑いな」と比奈山が呻《うめ》く。リュックから水筒を取り出そうかと思ったけれど、自家製の麦茶を持ってきているることが急に気恥ずかしく感じられ、ためらってしまう。

「おーい！」

何と言って比奈山に麦茶を勧めるかを考え、いざ水筒を取り出そうと決意した所で、公園の外、駐車場の方から声が聞こえた。公園と田圃の間は砂利《じゃり》の敷かれた駐車場になっていて、あまりしっかりと整備されているとは言えないけれど、何台か車が駐車してある。その奥には何本かの木々が植わっていて、砂利の駐車場と田圃の間に取り残された、小さな小島のようになっていた。

「やっほー」

駐車場から元気よく手を振っているのは帆月だった。真っ白のタンクトップに短パン姿の帆月はいかにも健康優良児といった感じで、僕はその姿に思わずドキリとした。

帆月の手招きに促され、僕と比奈山は揃《そろ》って公園の外に出る。

「どう？　何か見えた？」

帆月が指差した鉄塔の天辺《てっぺん》を、僕も比奈山も同じように見つめた。けれど、料理長の帽子には避雷用の架空地線が一本通っているだけで、目新しいものは何もない。先ほどまで止まっていた蝉もどこかに行ってしまったようだ。

「男の子が座ってない？」

「男の子？」

「見えない？」

「……何も」比奈山が首を振る。

「えっ、本当に？　伊達くんは？」

「いや、僕も何も……」

「あそこだよ。鉄塔の天辺の右側」

帆月が僕の横に並び、指を差す。あまりにも真剣なので、僕はとにかく目を凝らした。

「右の腕金《うでがね》？」

「そう、右側の上に座ってる」

そう言いながら、帆月が顔を寄せてくる。僕はまたドキリとして、横目で帆月の顔を見つめた。そんな僕のふしだらな思いに気が付いたのか、帆月は右の手で僕の後頭部を、左手で僕の顎を持ち、ぐい、と僕の顔を鉄塔の頭頂部に向けた。

その時、無理やり捻《ひね》られた首の痛みと一緒に、鉄塔の上に何かがいることが、僕にもはっきりと見て取れた。

「あっ」僕は思わず大きな声を上げた。

それに驚いた帆月は僕の顔から手を離す。途端、見えていた何かは、切り取られたみたいにふっと消えてしまった。

「あれ、見えなくなった」

「見えたの？」

帆月が驚きの声を上げる。僕は大きく頷いた。

「一瞬だったけど、多分」

「もう見えない？　どうして？」

「分からないけど……」

「もう一度やってみろよ」

比奈山が冷静に言った。さっきまで何をやっていただろう、と考えるよりも早く、帆月は僕の顔を両手で摑《つか》むと、ぐいと捻った。

「痛っ！」

「どう⁉」

首を捻られ、傾いた視線の先には、再び、異質なモノが当たり前のように存在していた。鉄塔の頭頂部に腰掛けている、着物の男の子。

「み、見えた。着物を着てる」

「本当？」

「うん」僕は再び大きく頷く。

「じゃあ、こうすると？」帆月が僕の頭から手を離す。すると、やはり男の子の姿は初めから居《い》なかったかのように消えてしまった。

「……いなくなった」

「頭を摑むことが鍵なのかな。比奈山くんもやってみよう」

両手を突き出して襲い掛かる帆月の手首を、比奈山は素早く摑んだ。取っ組み合いのような体勢になりながら、比奈山は鉄塔へ顔を向ける。

「見えた」比奈山の細い目が少しだけ開かれた。「子供だ」

「触ればいいの？　片手でも平気？」帆月が比奈山の腕から片手を解く。

「まだ見える」

「じゃあ」と言って、帆月は僕の左手首を摑んだ。「これだと？」

僕の目に、再び男の子の姿が映し出された。男の子は鉄塔に腰を掛けていて、時折足を交互にぱたつかせながら、荒川の方を見つめている。白地に青色の格子柄が施された着物は涼しげで、不思議と夏の空に映えている。

「見える」

「すごいすごい！」

帆月は感動しきりだった。そうやって僕ら三人はしばらくの間、不恰好《ぶかっこう》な形で手を繋いだまま、ぼんやりと鉄塔を眺めていた。

「ねえ、本当にこの鉄塔は何もないの？」

鉄塔を見つめながら帆月がそう言った。「何だっけ。けい、けいお――」

「京北線《けいほく》」

「それ！　京北線は特別な電線とかじゃない？」

帆月の問いに僕は首を振った。これといっておかしな鉄塔ではないはずだ。

「ちょっとも？　ちょっとも変わったところはないの？」

「ええと……」

少しむきになった帆月をなだめるべく、僕はなるべく落ち着いて、知っている限りの情報を話す。

「京北線は、南川越《みなみかわごえ》変電所から始まって、荒川とか高速道路とか、新幹線の高架を越えて、草加《そうか》にある京北変電所に着くんだ。昭和の始め頃に設置されたんだけど、その当時は青梅《おうめ》にあった開閉所と繋がってたんだって。今はもうその開閉所もなくなって、京北線の鉄塔もほとんど建て替えられてるんだ。この94号鉄塔も昭和六十一年に新しくなってる。だから、今あるこの鉄塔自体は、実際は二十年くらいの歴史しかないんだよ。

京北線の鉄塔は全部で百五十基くらいあるから、このあたりの送電線に比べたらかなり長い路線だと思うけど……電圧も特別高いわけじゃないし、本当に、普通の路線なんだよ」

ありったけのことを話し終えると喉が渇いた。リュックの中の水筒に手を掛けるけれど、やはり取り出すのはためらわれる。

「……伊達くんって、やっぱり気持ち悪いね。変だよ」

帆月が少し呆《あき》れた調子で言った。隣にいる比奈山も無言で肯定する。

僕はこの二人には言われたくないと思いながら、なるべく当たり前のように水筒を取り出し、コップも兼ねている蓋に麦茶を注ぐと、ごくりと飲んだ。麦茶は冷えていて、水筒の中に入っている氷がカランと音を鳴らす。

すると、帆月は無言で手を差し出してきた。初めは何の意味だか分からなかったけれど、それが水筒を渡せという要求だと気づき、僕は慌てて蓋に麦茶を注いだ。

「夏は麦茶よね」

帆月は麦茶を一気に飲み干した。麦茶を呷《あお》っている帆月の喉を、大きな汗の粒が這《は》うように流れていくのを、僕はちらと見つめた。

それから、帆月が何度か鉄塔の男の子に呼びかけたりもしたけれど、男の子は聞こえていないのか、それとも聞く気がないのか、何も反応を示さなかった。

公園に戻ると、木陰に置かれたベンチに帆月と比奈山が並んで座り、僕は丸いジャングルジムの隙間に腰掛けた。

「あれは幽霊？　比奈山くんが見えないとなると、妖怪か何か？」

帆月はしきりに疑問を口にする。僕には当然分からなかったし、比奈山もよく分からないとのことだった。

「深く関わらない方がいい」

比奈山は、男の子について知りたがっている帆月を窘《たしな》める。

「何で？　だって気になるじゃない」

「お前、最近何かあったか？」

「……え？」

比奈山の問いに、帆月は目を丸くする。ほんの少しの間があって、それから帆月は小刻みに顔を振った。否定したつもりだったのだろうけれど、帆月は少し動揺している気がする。

「家族か親戚が死んだとか」

「ないよ。無事は無事」

「そうか」

比奈山の質問の意図が分からなかったけれど、それで比奈山は納得したのか、「ふん」と黙り込む。

そうしてしばらくそれぞれが思案に暮れていると、「じゃあ」と比奈山がおもむろに立ち上がった。

「比奈山くん、帰るの？」

「ああ、塾」

比奈山はそのまま、一回もこちらを振り返らずに、どこかに止めてあった自転車にまたがって、さっさと公園から離れていく。

「学校には来ないのに、塾行くの」

小さくなった比奈山の後姿を見ながら、帆月はけらけらと笑い出す。僕も「そうだね」と追従して笑う。そして、空いたベンチの端へ座り直した。

それから再び沈黙が流れる。とは言っても、黙っているのは僕らだけで、どこかの木に止まっている蟬の鳴き声がうわんうわんと公園内に反響していた。水分を多く摂《と》りすぎたせいか、ひっきりなしに汗が流れ出す。何か話題はないかと、朦朧《もうろう》とする意識の中で必死に考えていると、額に流れた汗を拭う帆月の肘に、一筋の白い線が入っていることに気が付いた。

「その傷」

僕が指差すと彼女は「あ」と笑う。

「前に飛んだ時の。消えなかった」

帆月は傷跡を指でさっと撫《な》でる。

「大丈夫なの？」

「全然。痛みもないし」

僕は女性の肌に怪我《けが》の痕が残ってしまったことを気にしていたのだけれど、帆月はさして気にした様子もなく「こっちもちょっぴり」と反対側の腕にある傷を見せてきた。

「昨日も揉《も》めてたね」と僕が言うと、帆月は恥ずかしそうに「あ、見てたの？」と苦笑いを浮かべた。

「先生に捕まってた」

「そうなんだよね。もう学校じゃ無理かなー」

こっぴどく怒られたはずだけれど、帆月は少しも懲りた素振《そぶ》りを見せていない。

「伊達くんって軽そうだね」

「え？」

「体重は？」

僕は問われるまま、自分の体重を告げる。

「ひどいもんだ。女の敵」

帆月が顔を顰《しか》めた。「でも、今回は好都合だね。伊達くん、足遅そうだけど」

「……何の話？」

「伊達くんも空を飛ぼうって話だったじゃない」

「は？　いやいや」そんな話ではなかったはずだ。僕は思い切り首を振って否定する。

「あ、そう言えばさ、天文部、辞めるんだって？」

放っておくと帆月が波のように攻め立ててきそうだったので、僕は話題をそらした。

「うん」と帆月は軽く頷いてみせる。

「次はどうするの」

「……次かあ。ううん、あんまり考えてないんだけど……美術部にしようかな。鶏を描いてみたくて」

「にわとり？」

「そう、若冲《じゃくちゅう》」

「はあ、じゃくちゅう」おそらく、そういう鶏がいるのだろう。

顧問の先生や所属している生徒との関係を考えると、転部は気が引けてしまうはずだけれど、帆月はそういうしがらみなど少しも意に介さないようだ。

「星は、もういいの？」

「うん、もういい」

「全部覚えたんだ？」

「まさか。一個だけ見たい星があって、それを見れたからもう満足。星の名前も結構覚えたけど、またすぐ忘れちゃうんだろうな。新しいことを覚えると、古い記憶はどんどんなくなっちゃうね。でもそうしないと、頭の中が一杯一杯になっちゃうから、仕方ないんだけどね」

帆月はあっけらかんとしている。

「ね、それより読書感想文の鉄塔の本ってどんな？」

「……別に、普通の本だよ」

「世の中に〝フツーの本〟なんて本はないでしょ。それとも、少しも面白いところがない本の読書感想文を書いたってこと？」

「そんなことないよ」

「じゃあ、どんな内容なのか教えて」

帆月に諭されるようにして、僕は何回も読んだ物語の内容を思い返す。

「ええと……小学生が鉄塔を追いかけて冒険をする話なんだ。その子の家の近くには武蔵野《むさしの》線が通っててね」

「武蔵野線っていうのは、電車のことじゃないのよね？」

「ああ、うん。新座《にいざ》のほうを走ってる送電線で、実際にあるよ」

「へえ、新座。案外近いね。でも、京北線は京浜東北《けいひんとうほく》線みたいだし、武蔵野線はまんまだし、ややこしいな」

帆月はそう言って口を尖《とが》らせた。確かに、送電線は電車の路線と誤解されることが多い。

「――その子は、近所にある鉄塔に不思議な魅力を感じていて、ある日、武蔵野線の鉄塔を遡《さかのぼ》ってみようと思うんだ。1号鉄塔の先には何があるんだろうって」

「何があるの？」

「発電所」

「あ、そうか」

「そういう冒険譚《ぼうけんたん》。この主人公の行動を真似《まね》て、鉄塔を巡る人も多いんだよ」

「面白いね。ねえ、昔から鉄塔が好きで、だからこの鉄塔の側で遊んでたの？」

「え？　ああ、うん。鉄塔好きは昔からだけど、この辺で遊んでたのは、たまたま友達がこの近くに住んでたからで……」

そこで、僕はふと疑問に思った。

帆月の言う通り、この鉄塔の側で遊んでいたことがあるのは確かだけれど、どうして帆月がそれを知っているのだろう。

「まさか……僕の読書感想文」

そこまで言うと、帆月はわざとらしく舌をペロッと出して、

「見てないよ」と明らかな嘘をついた。

「酷《ひど》いな。どうやって見たの」

「まあ、色々とね」

そう言って彼女は不敵な笑いを見せつつ、あっさりと認めた。

「なかなか、いい感想文だったね」

「あ、そう？」

ストレートに褒められると、やはり照れてしまうけれど、僕としてもよく書けた内容だったと思うので、素直に嬉《うれ》しかった。

僕が昔友達と遊んでいたこの鉄塔は、さらに過去に遡れば、鉄塔すら立っていない時期があったわけで、それがどういう景色だったのか、僕は知らない。僕と友人のように、遊んでいた子供なんかがいたのかも知れない。そういうことに思いを馳《は》せることで、死んだ街を蘇《よみがえ》らせることが、あるいは出来るのかも知れない——と、そんな締めくくりだった。

「そのお友達とは、今でも遊んだりするの？」

「いや、もう……ずいぶん会ってないかな」

「そうなんだ。その友達も、鉄塔が好きとか？」

「ううん、好きなのは僕だけ」

「じゃあさ、伊達くんはやったことがあるんだ？　この京北線巡りとか」

帆月が明るい顔で訊ねてくる。僕は「いや」と首を横に振った。

「どうして？　鉄塔好きなんじゃないの？」

「……好きだけど」

「1号鉄塔の先とか、どこにどんな鉄塔があるとか、気にならない？」

「どこに何号があるとか、大抵の情報は得られるからね」

僕はそう言いながら、キーボードを叩く仕草をしてみせる。鉄塔愛好家は全国にわたってそれなりに人数がいるらしく、その手のサイトも多数存在しているのだ。もちろん京北線の鉄塔の写真もそういうサイトに掲載されている。

「じゃあ、この鉄塔のそばにこんな公園があって、砂場にスコップが忘れられてるとか、鉄塔の天辺に子供が座ってるとかも分かるの？」

「いや、それは分からないけど……」

そもそも天辺の子供の存在は、その場所に行ったとしても分からない。

「近場の鉄塔は、一応見て回ったんだ」

僕はまるで言いわけでもするように、帆月に言った。

「近くの鉄塔って、どのくらい？」

「……十とか、十五とか」

「それだけ？　それで満足してるの？」

帆月は眉を寄せている。

「……さっきも言ったけどさ、京北線は長いんだよ。百五十基もあるんだ。それに、鉄塔って道路に沿って立ってるわけじゃないんだ。森の中を通ってたり、川を越えたりしてて、追い掛けるだけでも大変なんだよ」

帆月は眉を顰《ひそ》めたまま頷き、先を促す。

「……それに、どこにどういう鉄塔が立ってるかは、知ってるし」

「何があるかは知ってるから、行く意味なんてない？」

僕は頷いた。知ってるから行く意味なんてない。確かに僕は、どこかでそう思っているかも知れない。

「それは知ってるなんて言わない。行ったことも、やったこともない奴《やつ》が意味ないなんて言っちゃ駄目よ。やってみて初めて〝ああ、これは意味なかったな〟って分かるんだから」

帆月は急に真剣な口調になって僕を叱った。

意味がない、と言ったのは僕ではないのだけれど、何も言い返せなかった。帆月の旺盛《おうせい》な好奇心の源を垣間見《かいまみ》た気分だった。

「分かった？」

帆月の言葉に、僕は再び大きく頷いた。「よろしい」と彼女も頷き返す。

「じゃあ、手始めにやれることからやりましょう」

どうして敬語なのかが気になったけれど、それには触れずに「やれること？」と返すと、帆月は笑って、

「伊達くんが今出来ることは、自転車で空を飛ぶことでしょ」

と、満面の笑みを見せた。

○

次の日。

再び自転車にまたがり、94号鉄塔横の公園へ向かう。

青空に一つ、厚い雲が城のように聳えていて、夏の空は高い。昨日とほとんど同じ時間に到着したのだけれど、公園には女の子が一人砂場で遊んでいるだけで、他には誰も来ていなかった。

昨日は、どうにか帆月の意識を鉄塔の子供へとそらし、早々に公園から退散した。自転車で空を飛ぶなんてまっぴらだ。それでも、今日もこうしてここへやって来てしまったのは、昨日の帆月の言葉が心に残っていたからかも知れない。

公園の入り口に自転車を止めて、フェンス側にあるベンチの前に立ち、鉄塔を見上げてみる。僕一人では、やはり男の子の姿は見えなかった。頭頂部の腕金をじっと見つめても、僕の視界には、鉄塔と、その向こうの高い雲が映るだけだ。

ふと思い立ち、この公園の周辺を探索してみることにした。ひょっとしたら、何か手がかりがあるかも知れない。

公園の中から外を見渡してみると、砂利の敷かれた駐車場の先に、少しだけ木々の生えた孤島のような場所が目に留まった。

昨日は鉄塔に夢中であまり気にならなかったけれど、どうしてそこだけに木が生えているのだろう。駐車場にもならず、田圃にもならず、その一角だけが手付かずで残されている感じだ。

僕は公園から外に出て、止めた自転車の横を通り過ぎ、木の生えている場所へと移動した。近づいてみて分かったのだけれど、高さが鉄塔の半分にも満たない木々の間に、ちらちらと赤いものが見える。何だろうとさらに近寄ると、その赤いものは箱の形をしていて、箱の上には屋根が付いていることが分かった。

ぐるりと箱を回り込んでみる。すると、屋根の付いたその赤い箱の正体が分かった。

箱の前には小さな狐《きつね》の像が二体、対になるように置かれていた。どれくらいの年月を経たのか分からないけれど、石で出来ているはずの狐は苔《こけ》むして緑がかっている。右側の狐の前には、これまた小さな石灯籠《いしとうろう》があり、箱の正面にあたる場所には、屈《かが》まなければ潜れないくらいの小さな鳥居が立っていた。鳥居の額束《がくづか》には何やら文字が書かれていたけれど、辛《かろ》うじて「社」という字が読み取れる以外は何も分からない。

赤い箱は、小さな社《やしろ》だったのだ。このあたりの誰かが大切に信仰しているのか、赤い色は塗られたばかりのように綺麗《きれい》な発色をしている。木々に囲まれたうっすらと暗い空間で、その赤の色が怪しく光っているようで、僕は急に怖くなり、木々の蔽《おお》いから外へ抜け出した。

再び公園へ引き返す。ひょっとしたら誰か来ているかとも思ったけれど、相変わらず女の子が一人砂場で遊んでいるだけだった。

今度は反対側、荒川方面へ向かってみる。土手にはそこらじゅうに草が茂っているけれど、何度も土手を人や自転車が登ったからか、草が均《なら》されて轍《わだち》になっていた。

一歩ずつ丁寧に歩を進めて土手を登りきると、そこは広大な秋ヶ瀬公園が広がっている。

荒川左岸には堤防が二つあるから、僕が立つ外側の土手からでは、荒川の流れを眺めることは出来なかった。

荒川は埼玉から東京へ流れ、やがて東京湾へと至る日本有数の一級水系であり、またとても洪水の多い川だったらしい。こちら側に堤防が二つある理由は、荒川第一調節池があるためで、その調節池がゆったりと水を湛《たた》えている姿のみがちらりと窺える。

その貯水池の手前に、94号鉄塔から送電線を受け取っている小さな93号鉄塔がある。料理長型の94号とは違い、その頭は三角形をしていて、三角帽子鉄塔と呼ばれる鉄塔だ。恐らく多くの人が、鉄塔といえばこの形を想像するだろう。

荒川左岸に立つ93号鉄塔の周りは、のんびりと芝が広がる広場になっている。芝の一角には砂利が敷き詰められていて、野球場のようになっていた。土で出来た野球場とは違い、近代的な広場といった趣がある。僕は土手をゆっくりと降りて、ノックの練習をしている親子連れを横目に、93号鉄塔の足元に立った。

京北線93号鉄塔は子供が立ち入らないように茶色のフェンスで囲われていて、えいやっと前後に伸ばした碍子連が可愛らしい。しかし、その93号鉄塔のすぐ後ろには、広場には似つかわしくないクレーンが一台、それと作業台と思《おぼ》しき背の高い鉄骨が四角く組まれていた。鉄骨の内側に灰色のコンクリートの柱が四本、天に向かって聳え立っており、その上にはほんのちょこっとだけ組み上げられた、紅白に塗られた鉄塔の脚が見える。

ここに、新しい93号鉄塔が建設される予定なのだ。今は背の低い93号鉄塔が送電線を前後に張っているけれど、やがて完成する後ろの鉄塔へ引き渡されるのだろう。もう間もなく、この小さな鉄塔の碍子は取り外され、鉄骨も何もかもが跡形もなく消えてしまうと思うと、何ともやるせない気持ちになる。

せめて写真に残さなきゃ――使命感に駆られ、僕は何度もシャッターを切った。

そうやってあらゆる角度から鉄塔を写真に収めていると、ふと、僕と同じように小さな93号鉄塔を見上げている少年の姿が目に入った。

真っ白い肌をした不健康そうな少年。血色の悪い顔を太陽に曝《さら》しながら、しかし汗一つ流すことなく空を見上げている。

僕が視線を送っていると、彼もまた僕の存在に気が付いたようで、小さく片手を上げて挨拶をし、こちらに近付いて来る。

「やあ、伊達くん」

「やあ、明比古《あきひこ》」

彼の名前は財前《ざいぜん》明比古。僕と同じ中学校に通っている三年生だ。とは言えクラスが違うからか、学校ではあまり見かけたことがない。一見して病弱そうに見えるので、比奈山と同じくあまり学校に登校してはいないのかもしれない。

彼と初めて出会ったのは、日差しもさほど強くなかった七月の初め、夏休みに入る少し前の頃だ。僕は課題をさっさと終わらせてしまおうと近場の鉄塔をぐるりと回っていた。

鉄塔をぐるぐる回りながらデジタルカメラで撮影していると、送電線を見上げている明比古と出会った。その時の彼も今と同じように、小さく片手を上げて挨拶をしてきたように思う。

「やあ…………伊達くん」

あの時、彼は僕の名前を呼んだ。あれ、知り合いだったかな――と記憶を辿《たど》ってみたけれど、どうにも思い当たる節がなかった。ただ、僕と同じく鉄塔好きなのかな、とだけ思っていた。

「ええと――」

彼が自分の名を知っていたということは、つまり僕と彼は知り合いだということになる。彼の名前を思い出さないと、これは気まずいことになるぞ、と焦っていたのだけれど、僕の思惑などお構いなしに、彼はてくてくとこちらへ歩み寄って来た。

「キミ、この写真を撮っているのかい？」

彼はそう言って、白く細い指で送電線を指差した。

「あ、あの……君は」

暑さと緊張とで汗が止《と》め処《ど》なく流れていく。おずおずと尋ねてみると、彼はほんの少しだけ目を細めた。

「明比古だよ。君と同じ学校の、財前明比古」

明比古――そうだ。彼の名は明比古じゃないか。名前を聞いた途端、そう言えばどこかで見たかも、という思いがフッと湧き上がる。

「キミはこの――送電線が好きなのかな」

明比古は僕が失念していたことなど意に介さず、今にも消え入りそうなくらい細い声でそう尋ねてきた。狐のように細い目の奥で、小さな黒い瞳が太陽に照らされて光っている。

「うん。まあ、これだけじゃないけど」

「詳しいのかな?」

「うん……まあ」

明比古に尋ねられ、僕はこの送電線について知っていることをざっくりと説明した。鉄塔好きではなかったのが少し残念だったけれど、彼はうんうんと真剣な表情で頷いていて、僕は自分を棚に上げつつも、珍しい人間もいたものだと思っていた。その後、このあたりに川が流れていなかったか、とか、あそこに何々があったはずなんだけれど、と尋ねてきたので、それについても知る限りの情報を述べた後に、地理歴史部を勧めておいた。このあたりの地形については、部活の連中の方がずっと詳しい。しかし、その後彼が部を訪ねて来ることはなかったので、僕の弁舌はたいして心に響かなかったのだと思う。

それが、僕が覚えている初めての彼とのやり取りであり、それから彼と会うことは一度もなかった。もっとも、学校での僕は社交的な方ではなく、むしろ排他的と言ってもいいような暮らしぶりだったので、それが影響しているのかも知れない。

「やあ、伊達くん」

彼は一ヶ月前と変わらず不健康そうな顔をして、僕に挨拶してきた。そしてまた、僕に質問を投げかけてくるのだった。

「この後ろに造っているのも鉄塔だよね？　どうして二つ造っているんだろう」

彼は京北線93号鉄塔の後ろに組み上げられている未完成の鉄塔を指差して言った。

「これは建て替えだね」

「建て替え？」

「うん、この小さいやつを壊して――」

「壊す？　これ、壊してしまうのかい？」

白い顔をぐいと上げ、明比古は背の低い鉄塔を見上げる。

「うん、もう古いから」

「そうなると、線はどうなってしまうんだい？」

「ああ、送電線ね。それはこっちに新しい鉄塔が建つから、そこに引き継がれると思うよ」

「引き継がれる……」

明比古は顎に手を当てると、新しく造られている93号鉄塔の足場をちらりと見た。

93号鉄塔は京北線の原型鉄塔――とくに古い鉄塔であり、昭和五年からずっと働き続けてきた鉄塔だ。しかしそれ故に、耐久年数にも限界が来ている。また、もしも荒川が氾濫した時のことなどを考えると、川の側の鉄塔は足場を高く組んでおいた方が安全性も遥かに高い。

しかしこれで、このあたりの原型鉄塔は全部なくなってしまうことになる。

記憶によれば、この荒川周辺には原型鉄塔が四基並んでいたはずだ。けれど今はどれも立派な鉄塔に建て替えられてしまっている。92号鉄塔に於《お》いてはその存在そのものがなくなり、代わりにとても高い紅白の91号鉄塔が、その役割を引き継いでいるのだ。

「そうか。代わりがあるなら、よかった」

そう言った明比古は、しかしその表情を変えることなく送電線を見上げていた。

彼が何を考えているのか、僕にはさっぱり分からない。帆月と比奈山もよく分からないし、最近の僕の周りはわけの分からない人だらけだ。分かりやすいのは、地理歴史部の部長である木島ぐらいか。

「明比古はどうしたの？　土手を散歩？」

「うん、そんな感じかな」

明比古は送電線を追うように視線を動かし、土手の先にあるであろう荒川の方へと目を向ける。

「新しい鉄塔はいつ完成するんだろう」

「ううん、まだもうちょっと掛かると思うけど……何よりまず鉄塔を組み上げないといけないしね」

「そうか……もうちょっとか」

「うん。だからそれまではこの鉄塔も現役のままだと思うけど」

そうか、と意味深な顔で明比古は呟くと、目を細め、口の端を持ち上げた。笑顔のはずなのに、どうにも笑っているように見えないのは、明比古の顔がビスクドールのように白くて人工的だからかもしれない。

太陽は今や南中《なんちゅう》を迎えようとしていて、陽光を受けた芝生から蒸すような熱気が立ち上っている。体中から延々と汗が吹き出し、このままここに立っていたら熱中症になりかねない。

「それじゃ、そろそろ行くね」

僕が言うと、明比古は「また今度」と片手を上げ、小さく振って見せた。僕なんかよりもずっと貧弱そうだけれど大丈夫なのかな、と思いつつも、僕は土手を上って93号鉄塔を離れ、94号鉄塔の隣にある日陰を目指す。

背後からキン、と金属バットがボールを打ち返す音が聞こえた。

再び公園へ戻ると、園内に人の影があることに気が付いた。それは帆月と比奈山で、僕は咄嗟《とっさ》に木の陰へと隠れた。どうして隠れたのか、自分でもよく分からない。けれど、公園内に入る機を逸《いっ》した気がして、しばらくじっと木の陰から二人の姿を窺っていた。

二人は鉄塔の真下にあるブランコ横のベンチに座り、鉄塔を眺めるでもなく談笑している。砂場の女の子はいつの間にかいなくなっていた。僕が93号鉄塔を眺めている間に、ちょうどタイミングよく二人がやってきたのだろうか。まるで、待ち合わせでもしていたかのようだ。比奈山は鞄《かばん》から大小さまざまな本を取り出し、それを帆月に渡した。帆月は目を輝かせてそれらを受け取ると、その中から一冊を選んで、楽しそうにページを捲《めく》っている。僕の知らないところで、連絡を取り合っていたのだろうか。急に、自分が異物であるように思えてきた。

よく考えれば、僕はあの鉄塔についての知識を求められただけで、見に来いと言われたわけではない。帆月も比奈山も何かが見える不思議な力を持っているようだけれど、僕には何もない。それに、何と言っても、帆月は美人で、比奈山は男前なのだった。

今の今まで、僕の体の内側に籠《こも》っていた熱のようなものが一気に四散し、昨日も今日もこのことやって来た自分の行為が恥ずかしく感じられ、一刻も早くこの場から立ち去りたい気持ちで一杯だった。しかし、僕の自転車は公園の入り口に置いてある。あれを見られたら、自分がここにやって来ていることが二人にばれてしまう。あるいは、もう気付かれているのかも知れないけれど、自転車を取りに行くと、どうしてもベンチに座っている二人の視界に入ってしまう。

しばらく思いあぐね、夜にでも取りに来ればいいと考えた僕は、とにかく公園から離れることにした。最初はゆっくりと、そしてある程度離れたら駆け足で走り出す。

すぐに息が切れ、汗が目に染み、それでも走った。息を吐くたびに脳の中が煙っていくようだった。

「伊達くん足遅そうだけど」と頭の中で帆月の言葉が聞こえる。

こんなに必死で走っているのに、驚くほど先に進まなかった。

○

それから二日間は、外に出ることもなくじっと家で過ごした。

あの日、夕日が沈みかけた頃に自転車を取りに行ったのだけれど、誰かに持ち去られてしまったようで、自転車はなくなっていた。薄闇の中で、工場跡や駐車場のあたりを捜してみたけれど、やはり自転車は見つからなかった。そう言えば、ずっと自転車の近くにいるつもりだったので、鍵を掛けてはいなかった。帆月と比奈山の姿も既になく、二人が去った後の94号鉄塔は夕闇の中で黒く染まり、まるでこの世界から鉄塔だけがそっくり切り抜かれたようだった。どこかでカナカナが鳴いているけれど、姿は見えない。僕は怖くなり、再び元来た道を小走りで帰った。日に三度も往復したせいでくたくただった。母親に自転車の所在を尋ねられたので、友人に貸したと必死に誤魔化《ごまか》したりと、身体も心もぐったりと疲れていた。

そんなせいもあって、このところずっと外に出る気力を失っていた。

「成実《なるみ》」

階下から母親の呼ぶ声が聞こえる。

「あー」僕はパソコンの前に座ったまま返事をした。

「お友達よー。木島君」

「あー」

木島と遊ぶ約束はしていなかったけれど、いつだって連絡なしに訪ねてくるやつなので、今更驚くこともない。階段を上がる音がすると、しばらくして僕の部屋のドアが勢いよく開かれた。

「荒川のマンションに行ってきたぞ!」

木島は部屋に入るなりそう言った。大きな顔にダラダラと垂れる汗を、首に掛けたタオルで荒っぽく拭《ふ》いている。

「へーえ」

「三十階建てマンション、リバーサイド荒川。絶賛工事中断中」

「知ってるよ」

「荒川側の壁にさ、鍵が掛かってないところがあって、そこから工事現場に入れるんだよ。まあ、結局建物の中には入れなかったんだけどな」

木島恵介《けいすけ》という男は、ビルだのマンションだのといった工事現場が好きで、そういう話を始めたらなかなか止まらなかった。木島とは小学校から一緒で、互いに人から理解されない趣味を持っているという部分で話が合い、中学に進んでからも共に行動することが多かった。数ある部活の中から地理歴史部を選択したのも、木島の発案だ。

「チョー気持ち悪いんだけど」と、僕は女子生徒のように言った。僕ら二人の中で流行《はや》っている、お互いの趣味の話を打ち切る時に用いる言葉だった。僕らの趣味を覗いた女子は、大抵この言葉を発する。そう言えば最近も言われたな、と彼女の顔が頭を過《よぎ》った。

「プール行こうぜ」

木島は座ろうともせず、再びドアに手を掛ける。

「沼影《ぬまかげ》？」

「そ。沼影市民プール」

「ほーほー」

僕はそう言いながら、タンスから着替えやら水着やらを取り出した。泳ぐのは得意ではないけれど、浮かんでいるのは好きだ。夏休みが始まると同時に用意しておいた、折りたたまれたままの浮き輪もリュックに詰め込む。

「プール行って来る」

階段を下り、洗面所からタオルを取り出すと、誰の返事も聞かずに外へ出た。喉の奥まで熱せられるような気温で、木島の額からは再び大量の汗が吹き出ている。

「あれ、自転車は？」木島は自分の自転車に跨《また》がりながら、我が家の門の中を覗く。

「盗まれた。後ろ乗っけて」

「まじかよ」

「まじ」

「伊達が後ろに乗るってのが、まじかよ」

「悪かったな、女じゃなくて」

「伊達みたいな女でも、この際構わないんだけどなあ」木島が悪態をついた。

「失礼しちゃう」

僕は木島の自転車の荷台に跨った。細い鉄製の荷台は刺すように熱く、そして痛い。

「鍵は？」

「掛けてなかった」

「あちゃあ」

木島は大きな体をよっこらせと動かして自転車を走らせる。乗せてもらっている身だけれど、木島の背中から発せられる熱気はとても不快で、僕は思わず体を反らせた。そこそこのスピードが出ているのだけれど、木島の巨体に遮られて風はあまり当たらない。木島はペダルを漕ぐたびに「ほっほっ」と声を上げている。

「マジさ、自転車を、盗む奴って、何考えて、るんだろうな」木島はもう息が切れそうだ。

「よし、この自転車を盗もうって考えてるんじゃない」

「後先とか、人の気持ちとかは、何も考えてないって、ことか」

「そうだろうね。刹那《せつな》主義だ」

「自転車を盗む奴と、女を後ろに乗せている奴は、許せんな」

「それ、並列で憎むものか？」

「大事なのは、罪を憎む気持ちだ」

「罪って、後者は何の罪なんだよ」

「おいおい、何言ってんだ」木島は巨体を揺らした。「自転車の二人乗りだろ」

「ああ、そうですか」

夏休みの真っ最中、しかもこの気温とあって市民プールは盛況のようだ。薄暗い更衣室のコインロッカーに荷物を投げ入れ、人の視線を気にしつつ素早く着替える。さっきまで饒舌《じょうぜつ》だった木島もこの時は静かだった。濡れたコンクリートを裸足でペタペタ歩くのは、少しだけルールを破っているような奇妙な感覚で、僕はこの感触が好きだった。

目当てのスライダーは入り口から見て一番遠くにある。奇妙にくねった青と緑の円筒が、茹《ゆ》だるような熱気の中、奇妙な丘を作っている。その丘の頂上には二つの滑り口が用意されていて、多くの子供達が列を成していた。

「あそこに並ぶの？」

僕はスライダーを指差す。

「水に入りに来たのに、炎天下の中で並ぶって……どんな苦行だよ」

木島はそう言って首を振った。

「極楽への道は、険しいんだよ」

「まだ死にたくない」と木島が眉を寄せる。

「……じゃあ、流れるプールでいいか」

園内をぐるりと一周するように、細長いプールが流れている。こちらもやはり人は多いけれど、遊園客が一所に留《とど》まるものではないので、まだ僕らが入る余地はありそうだ。

僕と木島はへなへなとしているそれぞれの浮き輪に空気を入れ始めた。太陽が首筋をじりじりと焼き、それでも浮き輪に空気を入れ続けていると、次第にくらくらとしてくる。

「伊達、これもやばいぞ。酸欠」

「プールは苦行ばかりだったか」

何とか膨らまし終えた僕らは、競うように流れるプールに着水する。水温は予想よりも冷たく、僕らはしばらく水中にもぐったり顔を出したりして体を馴染《なじ》ませた。

市民プールの隣には小学校があり、その横に京北線101号鉄塔が聳えている。視界を右へとずらせば、100号、99号、98号と京北線が直線に連なる様子が窺える。このあたりの京北線は比較的背の高いものが多く、水面に横になって浮かんでいても、顔を少し持ち上げてやるだけで十分にその姿を眺めることが出来た。

僕は水が耳元で波打つ音が好きなので、仰向けで浮き輪を両手に抱え込み、なるべく水面と平行になるように体を浮かべてプールを漂った。ふと木島を見ると、浮き輪に体を通している姿こそ普通だけれど、首は常に工事中のロッテ工場へと向けられていた。

木島がプールに来たかったのは、のんびりとこの工場を眺めたいからなのだろう。この気候だから、汗かきの木島が一所に留まって何かを眺めるという行為は大変辛《つら》いらしい。

「あの工場のせいで見えない」

僕は木島に向けて言った。工事中のロッテ工場には細く長いクレーンが何本も立っていて、京北線102号鉄塔の頭頂部あたりしか見ることが出来なかった。102号鉄塔は料理長の帽子のような頭をして、碍子が前後に張られている、紅白に塗られた美しい女鉄塔だ。

もっとも、工事前の建物もそれなりに大きかったので、大して見た目は変わっていない。ただのあてつけだった。

「クレーンの紅白と鉄塔の紅白がいい味だろ」

「そうかな」

「工事現場と鉄塔はよく合うぞ。ほら、リバーサイド荒川の近くにもあったな。背の高いの」

「京北線の、88号かな」

88号鉄塔はウェブサイトやテレビでしか見たことがなかったけれど、荒川の対岸に立っている、かなり背の高い料理長型女鉄塔だ。そこで、僕は帆月の言葉を思い出し、せめて行ける範囲内にある鉄塔くらいは全部見ておくべきかな、などと考えた。同時に、先日の帆月と比奈山の姿が思い出され、急激に気が滅入っていく。

深く水中に沈み、それから体の力を抜いて、仰向けに水死体みたいに浮き上がる。目の前に、夏の空が広がっている。飛行機雲が一筋延びていて、まるで大海原を一艘《そう》の船が走っているようで、気を抜いたら僕の方から空へ落ちてしまいそうだ。

そう言えば、去年の夏もどこかで飛行機雲を眺めた気がする。しかし去年と今を比べてみても、何かが出来るようになったわけでも、何かを覚えたわけでもない。受験が近づけば、木島ともこうして遊ぶことはなくなるのだろうか。

「そういや、何でマンションの中に入れなかったの？」

「知らないのか？　あの建物、お化けが出るって有名なんだぞ」

「お化け？」比奈山のしかめっ面が思い浮かぶ。

「女の霊だって。何でも、建築会社の社長が不倫相手の女性を殺したとか。俺はそういうの信じないんだけどさ……それでも入れなかったよ」

「怖かったか」

「違えよ。怖くねえよ。見たんだよ。夜中に工事用のエレベーターが勝手に動くのを」

「本当？」

「その前には人の叫び声も聞いたしな。そんなんじゃ入れないだろ」

「怖いな」

「怖くはないって。でもあんなんが出るんじゃや、工事は再開されないかもなあ」

ずっと工事中ならば、工事現場好きにとっては願ったり叶《かな》ったりなのではないだろうか。

そう言ってみると、木島は驚き半分、呆れ半分の顔で「完成するからいいんだろ」と言った。

「工事は、一瞬のきらめきだ」

「ああ、そうですか」

それから僕も木島も、水の流れにくるくると回されながら、ぼんやりと好きなものを眺めていた。そうしていつの間にかまた、一周回っていたのだ。

リバーサイド荒川

「成実」

母親の呼ぶ声が聞こえる。

昨日はたいして泳いでもいないのに、全身が筋肉痛に見舞われ、いよいよ運動不足が極まってきたなと痛感した。太陽はもうすでに南中を越えようとしているけれど、部屋から出る気力もない。

「あー」僕は布団に寝そべりながら返事をした。声を出すと、腹筋がじんわり痛む。

「お友達よ」

また木島か？　いったい今度は何の用だ。

しかし、階下から大きな声を上げる母の、次の言葉で僕は飛び起きた。

「自転車届けてくれたって」

「は？」

そんなはずはない。だって、自転車を友人に貸したというのは嘘なのだから。

僕は階段を駆け下りた。太ももが軋《きし》み、あやうく転げ落ちそうになる。

玄関を開けると、背の低い門の先に見覚えのある自転車の前籠が見えた。確かにあれは僕の自転車だ。そして、その自転車の横に立っているのは、

「帆月」

帆月は僕の姿を認めると、小さく片手を上げた。帆月は薄い黄色のタンクトップ姿で、丈

の短いジーンズを穿《は》いていて、いつにも増して大人っぽかった。普段は下ろしている髪を頭の後ろで一つ結びにしているからかも知れない。

「これ、伊達くんの自転車であってるよね？」

「あ、うん」僕は呆然と頷く。

「あー、よかった。私は絶対伊達くんのだって思ってたんだけどね。ここんとこゴタゴタしてて届けられなかったのよ。白転車忘れて帰ったの？」

「あ、ああ」

僕は再び、曖昧に頷いた。自転車を忘れるなんて、そんなわけあるか。

帆月は「馬鹿だなー」と呆れた顔をしている。

「どうして、家が分かったの？」

「ああ、この間荷物整理してたら出てきたのよ」

帆月は自転車の前籠から鞄を取ると、そこから一冊の薄い冊子を取り出した。ピンク色をした表紙には見覚えがある。それは一学期の初め、鼻息荒い担任の村木がクラスの全員に書くように指示した自己紹介表だ。この御時世《ごじせい》に住所を気軽に書いたら不味《まず》いんじゃないですか、という生徒のからかい混じりの意見に、「こんな御時世だからこそ、誰が近所にいるか知っておけ」という、答えになっているのかいないのか分からない言葉を返していた。

「何の役にも立たないと思ってたけど、案外そうでもないいね」

僕は、村木と自己紹介表に少しだけ感心して言った。

「これに関しては、私はいいと思ってたな。村木は嫌いだけど」

帆月はそう言うと、急に表情を変え「それより」と僕の顔を睨む。

「どうして来ないの⁉」

「どこに？」

「鉄塔よ。公園！　集まる約束だったじゃない！」

そんな約束なんてした覚えはないけれど、僕は誤魔化すことにした。

「ちょっと、忙しくて」

「へえ。伊達くんのお母さんは、今日も家にいるって言ってたけど？」

帆月は片方の眉を上げ、嫌味っぽく口の端を曲げる。僕はきまりが悪くなり、「いやそれは、親からすればそうなのかも知れないけど」などと、ごにょごにょと呟く。

「優しそうなお母さんだった」

帆月はうちの玄関を見つめながら言う。

「そんなことないよ。すぐ怒鳴るし」

「怒鳴られるようなことばっかりしてるからでしょ」

「それは……そっちよりはマシだと思うけど。帆月のほうが怒られてるんじゃないの」

冗談のつもりで言ったのだけれど、帆月の顔にほんの少しだけ影が落ちた。そして、彼女はそれには答えずに、

「駅に行くから送ってよ。届けたお礼」

そう言って早々と自転車の荷台に跨り、サドルを叩きながら「ほらほら」と急《せ》かす。僕は慌てて、「ちょっと」と言い、部屋に戻ると、急いで着替えを済ませた。

そうして再び家の外に出て、急き立てる帆月の前に座り、自転車をゆっくりと走らせる。

後ろに人を乗せるのは初めてではないけれど、女性を乗せるのは初めてだった。バランスを取るのが難しく、危うく倒れそうになったり、あわや電柱へ衝突しそうになる。とても格好が悪いけれど、帆月はそれが楽しいようで、後ろからは終始けらけらと笑い声が聞こえた。帆月の手が時折僕の腰に触れ、僕はそのたびにバランスを崩しそうになった。木島に見られでもしたら、断罪は免れないだろう。

「じゃあ、約束ね！」

後ろからそう声がした。

「え？　何？」

「やーくーそーく！」

「何の？」

「あの謎を解くまでは、毎日公園に来ること！」

帆月が高らかに言う。

「……それっていつまでの話なの？」

「そうねー」

そこで、一瞬の間があり、

「夏休みが終わるまで？」

　そう答えが返ってきた。


　駅に近づくと、駅前の派出所からは見えないところで帆月は自転車から飛び降りた。反動で転びそうになるのを何とか堪《こら》え、僕も自転車を降り、手で押しながら改札口の階段へと向かう。新幹線が甲高い音を立てて高架の上を走りぬけて行き、埼京《さいきょう》線がホームに停《と》まったのか、発車ベルの音が微かに聞こえる。

「あ、そうだ。これ、伊達くんに貸してあげる」

　帆月は鞄から数冊の本を取り出した。大小さまざまな本の表紙には「幽霊」とか「妖怪」といったおどろおどろしい文字が並んでいる。

「読み終わったら比奈山くんに返しておいて」

「……それが目的でしょ？　初めから」

「失礼なことを言うね。そんなことないわよ」

「天文部の部員から借りた本は、もう返した？」

「……まだだけど。あ、さては伊達くん、性格悪いね？」

　帆月がぐいぐいと本を押し付けてくるので、僕は「いいよ、こういうの」と押し返す。すると帆月が途端に「あ」と浮かれた声を上げる。

「怖いんだ？　お化けとか妖怪とか」

「いや、そういうんじゃないけど」

「鉄塔の子供は大丈夫だったのに？」

「あれは、別に、着物着てるだけで普通の姿だったから」

「やっぱり怖いんだ」

「違うよ。分かったよ。明日公園で渡せばいいんでしょ」

「比奈山くん、夏期講習らしいから、来るか分からないけどね」

「あ、そうなの」

この類《たぐい》の本を何日間も部屋に置いておくのは、正直嫌で嫌で仕方ない。

「じゃあ、今日直接返しに行けばいいじゃない」

「家なんて知らないよ」

すると、帆月は先ほどのピンク色をした冊子を取り出した。

「ここに書いてあるわよ。伊達くんの家からそんなに離れてないみたい」

そう言いながら彼女は冊子を本に重ね、すべてを僕の手に押し付ける。

「じゃあ、またね！」

帆月は僕の反応を待つより早く、改札へ向かう階段を上っていった。その背中を見送りつつ、ちら、と本を一冊捲《めく》ってみると、不気味な女性の幽霊の絵が載っていたので、すぐに閉じた。一番大きな「妖怪図鑑」という本は、驚くべきことに四千円近い値段だ。僕は参考書以外で千円以上の本を買った記憶がない。もちろん、参考書もそれほど買った記憶がない。

自己紹介表を見ると、確かに比奈山の住所が記載されていて、なるほど、僕の家からそう離れてはいなかった。住所を見るだけでだいたいの場所は思い浮かぶ。比奈山は塾に行っているという話だし、ポストに投函してすぐに帰れば、大した手間でもなさそうだ。

僕は自転車をくるりと回転させ、比奈山の家へ向かうことにした。


しばらく自転車を漕いだ後に見えてきたその家は、塗り立てかと思う程真っ白な壁をした三階建てだった。ガラス窓は青い空がそのまま貼《は》り付いているみたいにピカピカで、所々から窮屈そうに枝の細い木が伸びている。表札の「比奈山」の文字は重厚だ。

さっさとポストに投函して帰ろうかと思ったのだけれど、本のサイズが大きすぎてポストに納まりきらない。このままにしておくと誰かに持ち去られてしまうかもしれないし、もしも雨が降りでもしたら、ポストからはみ出した本が雨風に曝《さら》されてしまう可能性もある。

しばらく門の前で思案した後、結局はインターホンを押すことにした。

「はい」という声がスピーカーから聞こえ、僕は「伊達です」と、インターホンに向かって頭を下げた。インターホンにはカメラが付いていた。

しばらくすると、薄茶色のドアが開き、家の壁よりもさらに白いのではないかと思わせる女性が顔を出した。おそらく比奈山の母親なのだろう。サラサラの髪の毛と、切れ長の目尻が似ている気がする。

「ごめんなさい。優は塾に行っているのよ」

比奈山の母親は疲れているのか、消え入りそうなくらい弱々しい声で言った。

「あ、そうですか」

僕も声のボリュームを抑えて答える。

「塾で一緒なのかしら」母親はどこか警戒するような口調で、もしかしたらここに訪ねてはいけなかったのではないか、そんな気持ちを抱かせる。

「いえ、学校で」

僕の言葉に、比奈山の母親は一瞬だけ、眉の間に小さな影を作った。「何か、優に用事でも」というその声も、何だか平坦に聞こえる。

「あ、本を返そうと思って、これ」

僕は抱えているそれら本の束を母親に向けて差し出した。母親は本の表紙を見て驚いた顔をしている。

「これを、優があなたに？」

本当は又借りなのだけど——というより借りてもいないけれど——、僕は頷いた。

「あの、ごめんなさい。あなたのお名前は」

「伊達です。伊達成実」

「伊達さん。ごめんなさい、優は今塾に行ってるのよ」

比奈山の母親は再びそう言うと、小さく頭を下げた。僕は「ああ、いえ」と同じように頭を下げる。それから少しだけ沈黙が訪れ、「あの」と比奈山の母親が口を開く。

「あの、じゃあ伊達さんは……優が、その」

言わんとすることが理解出来たので、僕は再び「はあ」と頷いた。すると、母親の顔にまた皺《しわ》が、今度は目尻のあたりに出来たかと思うと、再び比奈山と似た怜悧《れいり》そうな顔に戻った。

「優はまだ戻らないと思うけど、上がって待ちます？」

母親は少しだけドアを開いてみせた。ドアの内側にチラと、高価そうな置物が見える。僕は「いえ」と首を振り、手を振った。

「伊達さんは、このあたりに住んでいらっしゃるの？」

「あ、はい。結構近くに」

「それはよかったわ。優、塾にも何人か友達がいるみたいなんだけど、なにせ都内の塾だから家も遠いし、やっぱり、色々と距離が出来てしまうみたいなのよね」

「はあ」

「伊達さんは、埼玉の高校に進学されるの？」

「はあ。まあ、多分」

まだ、どこの高校に行くかなんて考えてもいなかった。クラスでも勉強がよく出来る生徒なんかは、夏休みの前からすでに希望する高校があるようだったけれど、僕の周りの連中からは、どこか目指す場所へ向かっているという雰囲気は微塵《みじん》も感じない。僕らは、呆《ほう》けていてもどこかしらの高校には進学できるものと思い込んでいるのだった。木島に至っては、中学校に再入学したいとまで言っている。僕たちの中学は老朽化が進んでいるので、来年にでも建て替えるという話だった。

「多分、優はこの家から東京の高校に通うことになるだろうから、こちらで伊達さんがお友達でいて下さると助かるわ」

友達ではない、などと否定することは当然出来ない。僕は肯定とも否定とも取られないような曖昧な言葉を発し、何度か小さく頷いた。

「前は遊びに来てくれる子も結構いたんだけど。優がああなってからは……」

比奈山の母親はそう言って笑ったけれど、その笑顔はどこか乾いていて、まるで公園の砂場に撒《ま》かれた砂粒みたいだった。

優がああなってから、というのはつまり、幽霊が見えるようになってから、ということだろう。比奈山の母親はあからさまに「幽霊」という言葉を避けている感じがする。

「比奈山が、その、ああなったのって……ずっと前からじゃないんですか？」という僕の問いは、大きく横に振られた顔によって強く否定される。

「去年の夏前に、私の母、優の祖母が亡くなったの。その時から、そういうものが見えるようになったみたいで……母も、そういったものが見える人だったらしくてね。私は――ちっとも知らなかったんだけど」

遺伝とか、そういうものなのだろうか。

ふと、比奈山の母親は、胸元にぶら下げている何かを触った。

それは紫色をした布の袋で、以前比奈山と話した時に、彼が首に掛けていたものとよく似ている。

「あ、これはね、お守りなんです」

僕の視線に気が付いた比奈山の母は、そう言ってお守りをこちらに見せてくれた。

紫色の袋に金色の刺繍《ししゅう》で「御守」とだけ記された、小さなお守りだった。

「不安を除く効果があるんだって、祖母が」

「それ……比奈山も持ってました」

「そうなの。二つあって、親子がそれぞれ持つようになっているの」

「へぇ……」

「暗い話はやめましょう。明るい話をしないと」と母親は再び無理に笑った。

僕には、このお守りの話のどこが暗いのか分からなかった。

「高校はどこを受験されるのかしら？　開成《かいせい》？　早稲田本庄《わせだほんじょう》？　このあたりだと……浦和《うらわ》高校かしら？」

指折り数えながら挙げられているのは、どれもトップクラスに入る偏差値の高校だ。比奈山が目指している高校もそれくらいなのだろう。あいつの友人と思われているからか、それとも掛けている眼鏡のせいか、どうやら僕は大変な勘違いをされているようだった。慌てて首を振り「まだ、決めていないんです」と否定する。

「そうよね。まだどこかに絞る必要はないものね」

それ以前の問題なのだけれど。

「塾はどこに通われているの？」

「いや、塾には」

「じゃあ、家庭教師なのかしら」母親の声が一段明るくなる。

「家庭教師なら、わざわざ遠くに出かける必要なんてなくなるのよねえ。夏期講習だとほとんど毎日通わないといけないし。こっちにもいい塾はあるんだけど、ほら、同じ中学校の生徒も通われてるから……もし優秀な方だったら、紹介してもらおうかしら」

「いや、そんなんじゃないんです」

これ以上この場所にいると、さらに大きな勘違いをされかねない。僕は「あの、ちょっと用事が」と下手糞《へたくそ》な理由をこしらえて、比奈山の母親に本を押し付けると、早々に自転車に跨った。

自転車を漕ぎながら振り返ってみると、比奈山の母親は僕に向かって深く頭を下げた。

○

呼ばれたから、仕方ないから行く。

そう自分を鼓舞し、家を出た。大型の台風が日本に接近しているとのことだけれど、今日も相変わらずの青い空で、からからに暑い。

辿り着いた公園には帆月の姿があり、一人ブランコで揺れていた。揺れている、という表現はあまり正しくないかも知れない。ブランコを繋ぎとめている強靭《きょうじん》な鎖はキュルキュルと悲鳴をあげ、帆月の体が前へ後ろへと、物すごい速度で振り子運動をしている。本来はピンと伸びきっているはずの鎖は、帆月が後方に行くたびにたわみ、ガチャガチャと悲鳴を上げていた。帆月が手を離す、あるいは鎖が外れでもすれば、彼女の身体ごと中空へ飛び出してしまうのだろうけれど、その危なっかしい速度の中で、帆月は穏やかな笑みを浮かべていた。

僕はしばらくそれを見つめていた。けれど、あまりにもブランコの鎖が頼りなげで、ますます不安は募っていくばかりだった。

「帆月」と声を掛けると、彼女は片手を鎖から離し、こちらに向けて大きく手を振る。漕ぐのをやめてもしばらくの間は慣性で揺れ続けていたけれど、ようやく落ち着いたところで、帆月はぴょんとブランコから飛び降りた。

「やあ、伊達くん」

帆月は玉のような汗を額に滲《にじ》ませていて、まるで今まで激しいスポーツでもしていたかのようだ。

「ブランコでそこまで汗掻《か》いてる人、初めて見たよ」

「そう？　普通じゃない」

そう言って帆月はブランコの柵を飛び越え、鉄塔の真下にあるベンチに座った。僕はまだ揺れている鎖を押さえ、久しぶりにブランコに座ってみる。鎖を握った手はあっという間に鉄臭くなったけれど、なるほど、結構楽しい。

しばらくすると公園前の道に比奈山の姿が見えた。僕は慌てて踵《かかと》でブレーキをかけ、ブランコを漕ぐのをやめる。比奈山は公園の入り口、僕の自転車の横に自分の自転車を並べ、ゆっくりと公園へ入って来た。

「あれ、夏期講習なんじゃないの」

「日曜」比奈山はそう言いながら、一瞬僕の方を見た。

「あ、今日は日曜か。そうか」

帆月は一人で納得していた。比奈山はそのまま帆月と僕の間、空いているベンチに腰掛ける。僕が来なかった理由や、あるいは彼の家に行った理由について問いただされるかと思ってたけれど、何も聞かれなかった。色々と気にしているのは僕だけだったようだ。

「そうだ。伊達くん、本返しに行った？」

「あ……ああ、うん」

比奈山の視線が再び刺さる。僕が家まで返しに行ったことはおそらく知っているだろうが、はたして母親と交わした会話まで聞き及んでいるだろうか。ひょっとすると、頭がいいと偽《いつわ》った、なんて思われているかもしれない。

「じゃあ、ちっとも読まなかったんだ」

「うん」

早くこの会話を終了させようと、僕は帆月の言葉の語尾を食うように頷く。

「私は全部目を通してみたけど、あんまり似た感じなのはなかったね。あえて言うなら、座敷わらし？　でも座敷じゃないから、鉄塔わらしか」

「なんだそれ」比奈山が鼻で笑う。

「でも妖怪って感じでもないんだよね。それなら幽霊の方がしっくりくるな。妖怪と幽霊の差なんて分からないけど」

帆月はそう言って鉄塔の天辺を見上げた。確かに、妖怪にしては人間の子供と変わらないような姿だったし、幽霊と言われた方がしっくりくる。僕も「幽霊かもね」と頷いた。

「霊じゃないな」

比奈山が放り投げるように言う。

「それは、比奈山くんに見えないから？」

帆月の問いに比奈山は小さく「そう」と頷く。

「でも、世の中のすべての霊を見たわけじゃないんでしょ？」

僕が言うと、比奈山はぐっとこちらを睨みつけ、それから「まあな」と言った。

「じゃあ、比奈山くんが見られない幽霊がいる可能性もある？」

帆月が言うと比奈山は、「そんなの俺が知るわけない」と呆れたように小さく笑う。

「それはそうか」帆月も、比奈山のそれとは正反対の笑みを浮かべた。

「俺が今まで見てきた限りでは――」

比奈山は僕たちに向かってそう前置きをする。

「幽霊は、何の意味もなしに出て来るんじゃなくて、何か意味があって出て来るんだ。恨みだとか、感謝だとか、生前にやり遂げられなかったことをやるためとか」

比奈山の言葉は、例の教室での騒ぎがあるから、余計に重く感じた。

「あの子供が幽霊だとして、いったい何をしたくて出てきたんだ？　ずっと鉄塔の天辺にいる」

「きっと鉄塔が好きな男の子で、どうしても鉄塔の天辺に行きたかったんじゃない？　伊達くんが死んでも、きっとそうなる」

帆月は目を輝かせながら嫌なことを言う。

「だったら、目的が達成されたわけだから、幽霊なら成仏して欲しいけどな」

「あ、そういうものか」帆月が抜けたような声を出した。「じゃあ他に目的があるのかな」

「それとも一つ。この鉄塔が建ったのは何年だっけ」

比奈山が急に質問を投げかけてきたので、僕は言葉に詰まってしまったけれど、辛うじて「昭和の終わり」と答えることが出来た。

「いや、建て替えられた時期じゃなくて」

「ああ、京北線自体なら昭和五年」

「昭和五年。明治時代ならともかく、昭和の初めに子供が着物なんか着るか？」

比奈山はそう言って鉄塔を見上げる。僕も合わせるように鉄塔の頂点に目を向けたけれど、鉄塔の上にはただ大きな空が広がるだけだった。

「鉄塔の天辺に憧れるなら、服装は洋服じゃなきゃおかしいんじゃないか」

「でも、昭和初期に洋服が流行し出したってだけで、着物がなくなったわけじゃないんだから、着てないとは言い切れないんじゃない？」

比奈山と帆月のやりとりを、僕はただぼうっと見ていた。歴史の授業でも、洋服がいつ流行り出したかなんて習っていない気がする。もちろん、授業の大半は別のことを考えているので当てにはならないのだけれど。

「信じなくても構わないけどな」

「うーん」

帆月は目を閉じて腕組みをし、首を捻ったり頷いたりしている。

「一つ聞いておきたいんだが、帆月はあの子供の他に、何か変な物を見たことはあるのか？」

比奈山の問いに、帆月はふるふると首を振る。比奈山はそれを見て「ふん」と頷いた。

「あの子供が幽霊だとしたら、帆月には幽霊が見えるってことになる」

「あ、そうね」

「でも、帆月には霊が見えない」

比奈山はそう言って僕を――正確には僕の後ろあたりを――じっと見つめた。

「お、おい」

僕は慌てて振り返る。しかし、僕の後ろにはもう一つのブランコがあるだけで、そのブランコも少しも揺れておらず、比奈山が何を見ているのかまったく分からなかった。

「冗談だ」

比奈山はそう言ったけれど、顔は少しも笑っておらず、それが冗談なのかそうでないのか判断出来なかった。

「見たことないな、幽霊」

帆月が物欲しそうな声を上げると、比奈山は店先のシャッターを閉めるみたいに「見えなくていい」と首を振った。

「どこかその辺にいない？　見えるか見えないか、試したい」

「野良犬と同じくらい、いないな」比奈山が答える。

「どこか見た場所教えて」

「嫌だ」

「どうして？　いいじゃない。教えてよ減るもんじゃないし」

「駄目だ」

比奈山があまりに拒絶の態度を取るので、帆月が何だか可哀想に感じられ、僕はつい「幽霊の出るところはあるよ」などと口を開いてしまった。

「どこ⁉」

帆月は勢いよく立ち上がる。黒い瞳に日の光が反射し、きらりと光っている。

「リバーサイド荒川」

「あ、川の向こうの、建設中止になった？」

三十階建てマンション「リバーサイド荒川」は、間もなく建設終了という段になって工事が中断され、工事中の状態のまま放置されている曰く付きの物件だった。今年の春先に開発業者が倒産、さらに建設会社の社長が癒着により逮捕、入居者もほぼ決まっていたものだから集団訴訟に発展しかねないと、ニュースでも何度か報道されていた。

「そう。あそこに幽霊が出るんだって」

「そうなの？　比奈山くん知ってる？」

帆月の言葉を聞いて、比奈山があからさまに眉を顰めこちらを睨む。「知るか」と言うその声も、やはりとげとげしいものだった。そんな比奈山の感情の変移を知ってか知らずか、帆月は嬉々《きき》として続けた。

「じゃあ、今夜にでも三人で見に行こう。もし幽霊がいるなら、私が見えるか見えないかハッキリするよね」

「え？　何で」

男二人が帆月に抗議の声を上げる。しかし帆月は反対に「何を言ってるの」という顔で言う。

「伊達くんは言いだしっぺだし、比奈山くんがいないと幽霊がいるかいないか分からないでしょ」

こうなることは予測できたはずなのに、どうして情報提供なんてしたのだろう。僕は自分の言動を激しく後悔していた。

「俺には関係ないだろ」と比奈山。

「でも気になるでしょ」

「幽霊がいるかどうかなんて興味ない」

「それは興味なくても、この鉄塔の男の子が何なのかは気になるでしょ？」

そう言われた比奈山は「俺の気になるとお前の気になるとじゃ、意味合いが違う」と苦い顔をした。帆月はそんな比奈山の言葉をまったく無視して、

「それじゃあ、今夜午前二時にこの公園集合ね」

「え？　何でそんな遅いの？」

「何言ってるの。幽霊見るなら丑三つ時《うしみどき》でしょ」

丑三つ時が午前二時だなんて、僕は知らなかった。比奈山に反論を期待したけれど、もう諦めたのか、やれやれと頷いている。

「じゃあ、帰って早めに寝ておこうかな。懐中電灯とかも用意しないと」

帆月は公園の入り口に向かって歩き出し、少ししてからこちらを振り返ると、

「来なかったら、幽霊にするからね！」と、明るく言った。

「……怖い女だな」

比奈山は帆月の背中に向けて、小さく呟く。

「今日、本当に行く？」

帆月の姿が見えなくなった頃を見計らって、僕は尋ねた。比奈山が「行かない」と言えば、帆月の仕置きに怯《おび》えることなく堂々と家に籠ることが出来る。

しかし比奈山は「仕方ないだろ」と嫌々ながらも受け入れている様子だった。

「どうして？　関わりたくないんじゃ」

何とか後ろ盾を得たい僕はそれでも食らいついた。

「お前が言い出したんだろ」と比奈山は呆れた顔をしていたけれど、すぐに涼しげな顔に戻り、

「俺には見えない霊がいるとしたら、そっちの方が気持ち悪い」と呟いた。

「あ……そう」

あの鉄塔の子供は幽霊ではない、とした方が比奈山にとって気分がいいのだろう。

これはいよいよ、幽霊マンションの探索は避けられなくなってしまった。元をただせば自分のせいだけれど、やはり怖いところに行くのは気が引ける。

「しかしあいつ、異常なまでの行動力だな」比奈山は公園の入り口を眺めながら言った。

「そりゃ、屋上から飛び降りるくらいだからね……」

「飛び降りる？　何だそれ」比奈山が怪訝《けげん》な顔をする。

「あれ、知らない？」

「……最近のことは、全然」

首を振った比奈山の顔に、少しだけ陰りが見て取れた。

比奈山の学生生活は、昨年の中盤から今までがすっぽりと抜け落ちているのだ。帆月が奇抜な行動を取り始めたのは新学期が始まった頃くらいだから、比奈山が知らないのも無理は

ない。

僕は頼まれもしないのに、先日見た屋上での出来事や、学校で噂になっている帆月のおかしな行動についてなるべく克明に話した。放送室の鍵を勝手に拝借し、一人電波ジャックを行った話とか、とある電車に乗っていたら、障害を持つ男性がずっと車掌の真似をしていて、その横で帆月がケラケラと笑っていた話とか。

どうしてこんなに熱心に帆月の話をしたのか、自分でもよく分からない。首を横に振った比奈山の表情に、うっすらと彼の母親の顔が重なったからかもしれない。

「おかしな女だ」

「だよ。電車のやつは、僕もどうかと思う」

「そうか？」

「だって、その人は笑わせようとしてたわけじゃないんだよ」

そうかもな、と比奈山は言うが、納得したという感じではなかった。

「犬にさ――」

と、不意に比奈山は言い出す。

「犬にさ、洋服を着せてる人って結構いるよな」

「え、ああ、そうだね」

フードを被ったり、レインコートを着ている犬を見たことがある。多分、僕や木島が着ているものよりも高くていい素材の服を着ているのだろうと思うと、少しむなしくなる。

「ああいうの見てさ、可哀想《かわいそう》とか、犬は喜んでないとか言う人いるけど、実際どう思ってるかなんて分からないと思うんだよな。本当に喜んでるかもしれない」

「まあ、そういう犬も、いるかも」

「勝手に他人の気持ちを推し量ってその気になられても、本人からすればいい迷惑な場合もある」

犬に例えるのはどうかな、とは思ったけれど、比奈山の語調は強く、僕は何も言い返すことが出来なかった。

「ま、帆月が正しいって言ってるわけじゃないけどな。人のことなんてまったく考えてなさそうだし。よく言えば、誰も差別してないってことだけど」

そこで僕は、学校で何のためらいもなく比奈山に話しかけていた彼女の姿を思い出した。周りの友人が離れてしまった比奈山にとっては、帆月のような、押し付けるかの如くぐいぐいと接近してくるようなタイプでも、ひょっとしたら気休めになっていたのかもしれない。

「あいつって、昔からあんな奴だったか？」

そう言いながら、比奈山は額の汗を拭った。

「いや、そんなことなかったと思うけど……」

「いつ頃からだ？」

「ええと……五月くらいかなぁ」

「何か、あったのか」

「さあ……よく分からない」

するとひ比奈山は、視線を空へと向けて、それから小さな声で「何か、あったのか」と呟いた。

そして、比奈山はゆっくりと立ち上がる。そのまま帰るのかと思いきや、比奈山は再び、僕の方へ踵《きびす》を返す。

「お前、昨日――」

比奈山の言葉はそこで途切れた。

再び、蝉が大きく鳴き始める。

鉄塔の真下は日陰もなく、重厚な雲が時折太陽を被うけれど、気休めにもならない。喉が渇き、僕は麦茶の詰まった水筒に手を掛けた。

「どうして住所が分かった？」

「ほら、一学期が始まると同時に書かされたやつ。あれ見て」

「あの下らないやつか」

「……あれはあれで、いいと思うけど」

「そうか？」

「……うん」

僕の言った言葉は帆月の受け売りだったけれど、比奈山はそれから再び黙り込み、僕はとにかく麦茶で喉を潤した。

「……何か、言われたか？」

「何かって？」

「……俺のこととか。お喋《しゃべ》りな親だから」

「ああ――」僕はどう答えたものか逡巡《しゅんじゅん》し、「たいしたことは」と答えた。

実際、たいしたことは聞いていない気がするけれど、僕にとってのたいしたことと、比奈山にとってのたいしたことがどれくらい差があるのか分からない。ただ、比奈山と、比奈山の家庭の苦労が少しだけ見えてしまったことは確かだった。そしてそれは多分、比奈山が一番見せたくないものだろう。

「お婆さんも見える人だったとか、なんとか」

「そんなことまで言ってたのかよ」

「それくらいだよ」

「ったく」と比奈山は息を吐く。それから、土の上の小石を一つ蹴飛ばした。小石は複雑な軌道を描きながら、少し離れた木の幹に当たって止まる。

「婆ちゃんの、そのまた婆ちゃんも見える人だったらしい。そういう家系なんだってよ」

「……家系、か」

「母親は普通。見えない。婆ちゃんの親も普通。多分、俺の子供も普通。孫はおかしい。隔《かく》世《せい》遺伝っていうらしいけどな……そういうおかしな家系なんだよ」

比奈山は諦めたように、放り投げるように言う。僕には返す言葉がなく、けれど押し黙って沈黙を広げるのもためらわれ、とにかく口を開いた。

「家系って言えばさ」

比奈山が、地面を向いたままこちらを窺っているのが分かる。

「この鉄塔――京北線のさ、１００号あたりを見てると、鉄塔の流れが家系図に見えてくるんだよね」

比奈山から反応はなかったけれど、とくに否定をする様子もなく、無言で先を促されているようだった。

「あの辺の鉄塔は前も後ろもみんな同じに見えるんだけど、でも細かい所は全然違うんだ。腕の長さだったり、足の広さだったり。それが何か、家族みたいでね。似た顔が並んでるな、なんて思ってると、いきなり違う形の鉄塔が現れたりするんだよ。頭が三角形だったり、紅白に塗られてたり」

「……違う形？」

「まあ、興味のない人からすれば些細《ささい》な違いなのかも知れないけど……山のほうとかに行くと、猫の顔みたいな鉄塔もあるんだよ」

「猫の顔？」

「頭の上が猫の耳みたいになってて、顔の真ん中がぽっかり空いてる鉄塔。烏帽子《えぼし》型鉄塔って言うんだけど」

「そんなおかしな形でも鉄塔なのかよ」

「どうしてそんな形なのかは分からないけど……。でも、どんな形でも、鉄塔の役割は変わらないんだよね」

「……役割？」

「次の鉄塔に電気を運ぶって役割。どんなにヘンテコな形でも、鉄塔だから」

そこで比奈山は少しだけ沈黙し、手で自分の胸のあたりを触れた。

「それ、お守り？」

「……なんだよ。見てたのか」

「あ、いや……」

比奈山が小さく舌打ちをする。

「婆ちゃんから貰った、学業成就のお守りだよ。中身はただの板。気休めだ」

「そうなんだ」

「それより、お前さっき、鉄塔の線が家系図だって言ったけど……家系図ってもっとこう、枝分かれしてるもんだろ」

「うーん。それは……分岐かな？　違う路線に送電する場合もあるから」

「家計図で言う父、母は、元々は別々の線だろ。さらにその前も別々の線が合流してる。そんな毎回合流して分岐するような鉄塔あるのかよ。ごちゃごちゃじゃねえか」

「そうだね」

僕は頷く。比奈山は鉄塔を見上げ、再び言った。

「ごちゃごちゃだ」

○

誰かにためらいなく蓋をされたように、あっけなく夜になった。

蓋をされた街は、そのままよっこらしょとレンジかオーブンに入れられて、外側からむしむしと熱せられているみたいな暑さだ。

眠ることもできず、ただ自室で待機する。時間になったらこっそりと家を抜け出して、深夜の町を自転車で走り出す。

寝静まった町を猫みたいに通り抜けていく。

家の近所を走っている間は、あそこの家の人はまだ起きてるんだ、とか、クラスメイトはもう寝てるな、なんて様子が見て取れて楽しかったのだけれど、見慣れぬ土地になるにつれ、これから待ち受けているであろう恐怖が影のように膨らんで、通り過ぎた背後や暗く狭い横路を何度も確認してしまう。

真夜中の公園付近は、暗く深い海に沈んだようだった。

公園の入り口にはすでに二つの影があり、それは帆月と比奈山で、僕が着くなり帆月は「来ないかと思った」と意外そうに言った。

「まだ二時になってないよ」

僕は昔から使っている腕時計を突き出し、バックライトを点灯させて反論した。「十分前だ」

「じゃあ、行こうか。自転車はここに停めておこう」

帆月は遠足の一歩目みたいに軽快に踏み出し、比奈山は無言で後に続く。

「まだ十分前だけど」

僕の声は暗闇に溶けて、二人には届かない。


荒川を越える秋ヶ瀬橋を通り、対岸へ向かう。

正面には架け替えられたばかりの88号鉄塔が、腰に二つ、頭に一つ、呼吸するように赤いランプを点滅させて、僕らなんか意に介してもいないように泰然《たいぜん》と屹立《きつりつ》していた。

対岸へ渡ると、堤防を川下へ進んでいく。真っ暗闇の野球のグラウンドやゴルフの練習場を横目に進むと、右手にリバーサイド荒川がある。工事中とは言え、見上げる外観は他のマンションとあまり違いはない。

リバーサイド荒川は薄い鉄の壁で囲まれていた。木島が言った通り、荒川側にある入り口は小さく開かれていて、そこから中に入ることが出来そうだ。

帆月が押した扉はやや鈍い音を立てるだけで、すんなりと開いた。帆月と比奈山がためらいなく中へ入って行き、僕は周りや背後を気にしながら慌ててついて行く。

入ってみて驚いたのは、敷地内に多数の人影があったことだった。あまり明かりがないからよく見えないけれど、鉄の囲いと建物の間には大学生らしき男女の集団があり、何事か相談をしているのか寄り合っている。建物の入り口あたりにも数人の人影があり、彼らが振り回しているのか、懐中電灯の光線が灯台のように右へ、左へと回転していた。

「なにこれ……」

帆月は魂が抜けたような声を吐く。

「心霊スポットになってるみたいだな」

暗闇で比奈山が小さく笑った。

帆月は大きめの懐中電灯を点《つ》け、建物の入り口を照らした。遠目で見ても柄が悪いと分かるジャージを着た三人の影が、今まさに建物内へ入ろうとしている所だった。

「早く行こう。先を越されちゃう」

帆月はそう言って、足早に入り口へと向かった。

幽霊を見るのに先も後もない、とは思ったけれど、ともかく僕らは入り口へと向かう。まごついている大学生の集団を追い抜きながら、帆月が言った。

「心霊スポットって結構どこにでもあるけど、本当に幽霊いるの？」

「いる所にはいるし、いない所にはいない」

「ここには？」

「外からじゃ、なんとも」

建物の入り口は自動ドアだったけれど、電気の供給がされてないのか半開きの状態だった。僕たちは連なるようにして建物の中へと入って行く。

建物内部は真っ暗で、どこに何があるのか分からない。僕も鞄から懐中電灯を取り出し、あたりを照らしてみた。

竣工間近に工事が中断したとあって、一階ロビーは内部もほとんど完成しているようだった。しかし、工事用具が点々と置いてあったり、心霊スポットを見に来た人が散らかしたのか、ゴミがたくさん落ちていて、廃墟みたいな光景になっている。

ロビーの中央あたりに、先ほど入っていったジャージ姿の三人組がいた。見れば、懐中電灯の光を顎の下から当てて仲間を驚かせている。いちいち怖がるたびに大きな叫び声を上げるので、釣られてこちらも驚いてしまう。幽霊も怖いけれど、不良に絡まれやしないかと、そちらの方も心配だった。

「どうなの？　いる？」

帆月は振り返り、比奈山の顔に懐中電灯の光を当てた。

「お前な」と比奈山が手で振り払うけれど、光線はしつこく比奈山を追い掛ける。

「いい加減――」

比奈山が怒ろうとしたその時、ロビーの中央あたりから大きな悲鳴が上がった。

「でた！」

騒ぎ出したのは先ほどの不良たちだ。その中の一人がロビーの一角を指差している。同じくそちらに視線を向けると、一階ロビーにある大きな四本の柱の一つに、ぼんやりと青白い光が浮かんでいるのが見えた。

途端、僕の体の芯から広がるように鳥肌が走る。

その青白い光は、よく見れば——女性のような形をしていた。

「うわあ！」

不良たちは建物の外へと一斉に逃げ出して行く。僕も一緒に外へ出ようとしたけれど、いつのまにか帆月に服の裾を摑まれていて、逃げることが出来なかった。

青白い女性の形をした光は、ゆら、と揺れたかと思うと、パッと消えた。

建物内が静寂に包まれる。僕らはその場で、音を立てないようにじっとしていた。

「……見えた？」

帆月の問いに、比奈山は「ああ」と低く頷く。

「伊達くんは？」

帆月が裾を強く引っ張る。僕も「見えた」と言ったけれど、その声は上《うわ》ずってしまった。

「……みんな見えたの？」帆月が呟く。「この場合、どういう結論？」

「ええと……」僕は頭を捻ろうとした。けれど、頭の中が混乱してしまっていて、上手く考えが纏《まと》まらない。

帆月は人差し指で顎を触りながら、眉を寄せてうろうろと歩き始める。

「幽霊には、誰にでも見えるような、見え易《やす》い幽霊と、とても見えにくい幽霊がいて、鉄塔の子は……私には見え易くて、比奈山くんには見えなくて……」

そこで帆月はフッと僕の顔を見た。

「なんで伊達くんも見えちゃうんだろう……？」

帆月はぶつぶつと言いながら、小さくかぶりを振る。比奈山も眉を寄せ難しそうな顔をしていた。僕はと言えば、一刻も早くこの場を離れたくて考え事どころではなかった。

ごうん。

その時、何かが動くような音が響いた。

僕も、帆月も、比奈山も、目を合わせる。音は建物の外から聞こえた。

帆月が入り口へと駆け出して行く。

建物の外へ出てみると、すでに不良たちの姿はなく、大学生の集団もいなくなっていた。

ようやく外に出ることが出来た、と安堵《あんど》したのもつかの間、再びごうん、と低く唸るような音が耳に入り、緊張感に包まれる。

音は、建物の外壁から聞こえている。

宵闇《よいやみ》に生えた四角い箱のような建物の外壁をじっと睨んでいると、何かが外壁を這うようにゆっくりと登っていくのが見えた。

「あれは？」

比奈山が声を上げ、すかさず帆月が懐中電灯の光を当てた。

薄っぺらく、横に長い長方形をした――、

「エレベーター？」

懐中電灯の光ではその物全体を照らすどころか、物体の端っこをぼんやりと浮かび上がらせることしか出来なかったけれど、ゆっくりと昇っていくそれは、間違いなく工事用のエレベーターだった。

エレベーターは建物の外壁を半分程昇ったところで止まり、そこで動かなくなった。

「誰か乗ってた？」

帆月が暗闇に尋ねる。

よく見えなかったけれど、そう言われると、誰も乗っていなかったような気がしてくる。

僕が震えながらそう告げると、「幽霊が動かしてるのかな」と帆月が呟いた。

再び僕の体を鳥肌が波打つ。

「どうしてあいつらがエレベーターを動かすんだよ」

比奈山は相変わらず平板な口調で言う。

「それは、上に行きたいから」

僕が言うと、比奈山は自分の懐中電灯で建物の外壁を照らした。

「行ってみればわかる。十五階くらいだな」

「え？　どこに」

「俺の知っているやつらは、上に向かうためにエレベーターを動かしたりはしない。あれは霊じゃない」

比奈山はそう言って歩き出す。

僕は帆月に引っ張られながら、再び薄暗い建物へと向かった。

またあの青い光が出るんじゃないかと怯えていたけれど、どこにも現れなかった。「もう出ない」と比奈山が断言する。

建物内のエレベーターは当然動かず、一階から二階へと上がる階段には、まるでひな祭りみたいにたくさんのガラクタが並んでいた。それらを押しのけて、僕らは二階へと上がる。二階から三階へ上がる階段は物が少なく、さらにその上の階段になると何も置かれていなかった。

「なんか、一階にだけかき集めたって感じだね」と帆月が呟く。

階段は縦長に密閉された密室のようなもので、しばらく上っていると、次第に息苦しくなってくる。「なんか、息苦しくない？」と先行く二人に告げたけれど、「運動不足」「軟弱」という悲しい返事しか貰えなかった。

必死に階段を上り、いよいよ、エレベーターが停止したであろう十五階へ上がる。

階段を上りきり、鉄の扉を開くと、長い廊下が広がっていた。廊下の左右にはドアがあり、各世帯に繋がっているようだった。

「何も置かれてないと、病院の廊下みたいだな」

比奈山がそう言い、帆月が「ああ」と声を漏らす。

僕は、こんなに大きな病院には行ったことがないのでイメージでしか分からないけれど、白く塗られた内装は確かに病院を彷彿《ほうふつ》とさせる。彷彿としたら、ますます怖くなってきた。

帆月が手近なドアのノブを捻ってみたけれど、鍵が掛かっていて開かないようだった。

　廊下をゆっくりと進んでいくと、やがて建物の中央部分に差し掛かる。エレベーターホールがある中央部は少し開けた空間になっていて、そこには鉄パイプの束や足場に使うらしき鉄板などがたくさん置かれている。

　比奈山が、エレベーターホールからさらに奥の廊下を懐中電灯で照らした。光線は廊下の端にうっすら当たり、奥の壁がぼんやりと見える。

「誰も、いない」

　帆月が慎重に呟いた。

「やっぱり、幽霊？」僕の体が再び震え出す。

「エレベーターはどっちだ？」

　比奈山が壁を見つめたまま、誰かに訊ねた。

「ここにあるじゃない」

「いや、工事用の――」比奈山は来た道を振り返り、再び廊下の先を見つめ直す。「一番向こうの部屋か」

　比奈山はずんずんと暗い廊下を進んで行く。「どういうこと？」と帆月が追いかけ、僕は急いで二人の後を追った。

「あの工事用エレベーターから降りたら、どこかの部屋に入らないと建物内には入れない」

やがて、廊下の一番奥まで辿り着くと、比奈山が左端の扉のドアに手を掛けた。

「ここ、開くぞ」

「本当？」

帆月の声が小さく反響する。

「元々開いてたのか、中から開けたのか」

比奈山は、ゆっくりとドアを開いていった。

「誰かいるなら」僕は声を殺しながら言った。「入らない方がいいんじゃ」

「確かめるんだろ」比奈山はこちらを見向きもせず、再びドアをゆっくりと開いていく。

「人間なら怖くないじゃない」

そう言って帆月は僕に懐中電灯を向けた。光線が目の中に飛び込んできたので、僕はそれを避けようと、慌てて首を横に捻る。

その瞬間、帆月の目が大きく開かれた。

いくら僕の運動神経が悪くても、懐中電灯の光を避けるくらいでそんなに驚くこともないだろう、などと思っていると、がん、という音が耳元で鳴り、続いて僕の右肩に激痛が走る。

「伊達くんッ！」

帆月が僕を突き飛ばした。廊下の壁に肩がぶつかると、再び痛みが走る。何事かと振り返ると、帆月と比奈山の他に、もう一人誰かが立っていた。

半そでのワイシャツ、黒髪、背が低い、男。

帆月と比奈山が向ける懐中電灯の光に照らされているのは、あどけない顔をした少年だった。少年は光を恐れるように体をくるりと反転させると、僕らが上ってきた階段に向けて駆け出した。少年は走りながら鉄の棒のようなものを投げ捨て、乾いた金属音が廊下にこだまする。

「待て！」

そう言った比奈山よりも早く、帆月が飛び出した。懐中電灯を手にしたまま腕を振っているので、光線が前へ後ろへと振り回されている。インパラを狩るチーターみたいに躰《からだ》を目一杯躍動させて、帆月は暗い廊下を駆け抜けた。

「痛ッ！」

廊下を走る足音が消えたかと思うと、叫び声が廊下に反響した。

帆月が持っていた懐中電灯の光は、エレベーターホールあたりでゆらゆらと揺れている。僕は慌ててそちらへ向かった。比奈山はすでに僕の先を走っている。

エレベーターホールの床には、二つの影が重なっていた。

少年の上に帆月が仰向けに倒れているのかと思ったけれど、そうではなく、帆月はうつ伏せになった少年の左腕を両手で抱えるように摑み、まるで腕をもぎ取ろうとしているみたいな格好になっていた。

「腕拉《うでひし》ぎ十字固め……ッ」

僕は思わず呟いてしまう。

「お前が幽霊の正体か」

比奈山は、痛みを堪えている少年の顔に容赦なく懐中電灯の光を当てた。

「い、痛い……折れる！」

「鉄パイプで人を殴っておいて、このぐらいで！」

帆月はさらに締め上げる。僕は、自分が鉄パイプで殴られたという事実を知り、再び肩の痛みを思い出した。

「帆月、あんまりやると折れるぞ」

「こういう奴は骨折ぐらいさせないと！」

「や、やめろ！　離せぇっ！」

少年が叫ぶ。

「あの、もう、離してあげたら」

恐る恐る帆月に言うと、帆月は僕を睨み付けた。

「伊達くん、頭殴られてたかもしれないんだよ⁉　もしかしたら、死んじゃってたかも！」

確かに、あの時帆月が懐中電灯の光を当ててくれなかったら、そしてそれを避けなかったら、僕は鉄パイプで頭を殴られていたかもしれない。そう考えると、途端にこの少年が恐ろしい存在に思えてきた。

比奈山は少年に近寄り、おもむろに少年の体をチェックし始める。

「財布があった」

比奈山は少年のズボンから取り出した財布に光を当てた。中身を確認し、カードのようなものを一枚取り出して、しげしげと眺める。

「学生証だ。珍しいな。ヤナハラ、ミツル。お前、中二か」

少年は答えない。比奈山は再びヤナハラミツルの体をチェックしていく。

「危ないものは持ってないな」

財布を少年のポケットにしまい、立ち上がった比奈山は、懐中電灯であたりを照らす。やがてそのあたりに落ちていた金属製の棒を手に取ると、再びこちらへと戻ってきた。

「帆月、放してやれよ。そいつに聞きたいことがある。三対一じゃ、おかしなことも出来ないだろ」

「えぇー、仕方ないな」

帆月はしぶしぶといった感じで、ヤナハラミツルから体を離した。少年は逃げ出す気力も失せたようで、はあはあと肩で息をしている。

「幽霊はお前の仕業だな？」

比奈山は鉄の棒を向けながら言った。

「肩、大丈夫？」帆月が眉をぐっと寄せて心配そうな顔をするので、僕は「大丈夫」と痛まない方の手を大きく振ってみせた。それから、そっと自分の肩を触ってみると、ずきりと痛みが走る。骨折などしたことがないので、骨が折れているかどうかは自分では分からなかった。

「どうして、ばれたんだ」

ヤナハラミツルは床に座ったまま左腕の感触を確かめながら、怯えるように言った。

「そりゃ、比奈山くんだからよ」

「え、比奈山って」

ヤナハラミツルは比奈山と僕の顔を交互に見た。僕は比奈山を指差す。

「もしかして、霊が見えるっていう」

「え？　なんで知ってるの」

帆月がヤナハラミツルをまじまじと見つめる。比奈山は何も言わなかった。

「あ、帆月蒼唯」

「なに、私も知ってるわけ？」

二人とも素行がおかしいと噂の有名人だ。近隣の住人ならば、あるいは知っていてもおかしくはないのかもしれない。続けて、ヤナハラミツルは驚いた顔のままこちらを見たけれど、僕の顔に思い当たるところがないのか、すぐに視線を外した。

「知ってようが知ってなかろうが何でもいいわ。あの幽霊はあんたの仕業なのね？　あれはどうやってるの？」

「そんなの、教えるわけないだろ」

そう言ったヤナハラミツルの頭を、帆月が勢いよく叩く。パン、という乾いた音がエレベーターホールに響き渡った。

「いたっ」

「あんたね、言っておくけど、友達を殴られて私は怒ってるわけ。そういう態度を取り続けるなら、覚悟してもらうからね」

帆月はその整った顔を歪《ゆが》ませ、ヤナハラミツルを睨みつけた。少年の気勢がみるみる萎《しお》れていくのが傍から見ていても分かる。

「分かったよ、教えるよ」

ヤナハラミツルはそう言って立ち上がると、エレベーターホールの隅へと歩いて行った。比奈山が鉄の棒の握りを確かめ、警戒する素振りを見せる。ヤナハラミツルがエレベーター横の陰に隠れたかと思うと、ホールの壁に青白い光がパッと浮かび上がった。

「あっ！」

帆月が大きな声を上げた。青白い光は女性の姿をしていて、それは一階で見た幽霊と同じものだった。

「よく出来てるだろ、これ」

暗い影からヤナハラミツルが現れた。手には青く光る大きな懐中電灯が握られている。その手の動きに合わせて幽霊もふらふらと壁へ天井へと動き回った。

「ライトに絵が描いてあるだけ？」

帆月が抜けたような声を出した。

「舞台とかに使う半透明のカラーフィルターを使ってるんだ。ここに来る奴らはみんな幽霊が出ると思ってるから、簡単に騙《だま》せるんだよ」

　さっきまでの怒りはどこへやら、帆月は「へー」と感心し、ヤナハラミツルの手から懐中電灯を取り上げると、壁に幽霊を浮かび上がらせている。

「枯れ尾花だな」と比奈山が鼻で笑った。それから、ヤナハラミツルに向き直る。

「お前、何でこんなことしてるんだ。趣味か？」

「んなわけない」ヤナハラミツルはそう吹き出した後、「ですよ」と付け足した。

「実は、エレベーターの鍵を見つけたんだ。本当に偶然！」

　ヤナハラミツルが勿体振《もったいぶ》るように話し出す。僕らにはそれがどれほどすごいことなのか分からなかった。こちらの反応があまりにも薄いので、ヤナハラミツルは「工事用のエレベーターの鍵」と念を押した。

「それで？」

　比奈山は誰よりも無感動だ。

「それで……夜中に侵入して、一人で静かに楽しんでたんだけど、暖かくなってきたからか、頭の悪い奴らが時々集まってくるようになってさ。追い払おうと思いついたのが、あの幽霊ライトってわけ。一階で幽霊出しとけば、それでそいつらも満足するだろうし、他は荒らされないだろうと思って」

「それって毎日？」

「まさかでしょ。俺がここに来た日だけ。といっても、夏休みの間は毎日来てるけど。大抵の奴らは、幽霊なんて出さなくても怖くて上には上れないみたい」

確かに、真っ暗な建物は廃墟のようで、とても上に行こうだなんて気持ちは湧かない。

「それで、上ってきた人間を鉄パイプで殴ってるわけ？」

「ち、違うよ。さっきのは……不良の奴らだと思ったんだよ」

「不良だったら頭を殴っていいって話にはならないでしょ」

「……あの部屋の外にエレベーターがあったから……。鍵、付けっ放しだったし」

「鍵を取られると思ったから、殴ったわけ」

「そうだよ。不良だと思ったし」ヤナハラミツルは少し自棄《やけ》になって言う。

「あんな奴らはどうなったっていいじゃん。だいたい、幽霊なんているはずもないのに集まってくるような馬鹿な奴らなんだぜ」

幽霊見たさにこうしてやってきている僕らを前にして、ヤナハラミツルは口の端を曲げ、くっくと笑う。

「幽霊なんていない？」

ぴんと張られた紙に鉛筆で穴を開けるみたいな声で、比奈山が言った。

「いや、よそは分からないけど、少なくともここにはいないって意味。建設会社の社長が不倫相手を殺したって噂が流れてるけど、本当は汚職だかなんだかで逮捕されただけだから。そんな事実はどこにもないのに、噂が一人歩きしてるんだ」

「ここにはいないなんて、どうして言い切れる」比奈山が睨む。

「え？」

「お前は霊が見えないだろ」

「だから、不倫相手の幽霊は作り話なんだって」

ヤナハラミツルの目が、比奈山を嘲笑するように歪む。

「俺が言ってるのは、そんな霊の話じゃない」

「え？」

「自意識のある霊の多くは、自分を見つけて貰いたがっている。たとえば――伊達」

「え、なに」

「もしお前が幽霊だとして、残した家族に伝えたいことがあったとしたら、どうする」

嫌なたとえ話だ。

「ええと……家族の枕元に立つ、かな」

「家族はまったく無反応だったら？」

「そしたら、比奈山のところに行くよ」

するとと比奈山は少し目を丸くし、それから「迷惑だ」と零《こぼ》した。

「まあ要するに、自分のことが見える奴を捜すわけだ。もし俺のことを知らなかった場合は？」

「それは……見える人が来そうな場所に行くかな」

「つまり、幽霊の話が盛んな場所に向かうわけだな。そこに行けば、自分の存在を認識できる奴がいるかもしれない。怪談をしてると霊が寄り付く、なんて話は、ある意味では当たっている。そうして霊が集まると、そこは霊道――つまり霊の通り道になる。心霊スポットは霊道になる場合が多いんだ。元々、そこに霊がいようがいまいが、関係なくな。そして、霊はその道を好んで通るようになる」

「……じゃあ、いるの?」

帆月が声を上げた。

「いるも何も」

比奈山はすっと、ヤナハラミツルを指差した。

「こいつの横で、じっとこいつを見てるよ」

「うわっ!」

ヤナハラミツルが叫び声を上げた。僕も思わず、同じように叫んでしまった。

「気に入られてるみたいだな」

「じょ、冗談はやめろよ」

「俺は冗談は嫌いだ」

ヤナハラミツルは蚊や蝿を振り払うような仕草をして、こちらへ近づいてきた。僕は慌てて帆月の方へ逃げる。帆月も距離を取り、ヤナハラミツルはエレベーターホールの中央で、焦った顔を浮かべてうろうろと動き回った。

「な、何とかしてよ!」

ヤナハラミツルは懇願するように、比奈山に頼み込む。

「生憎《あいにく》だけど、俺は除霊なんて出来ない」

比奈山にそっけなく突き返され、ヤナハラミツルはみるみる憔悴《しょうすい》していく。額に汗を滲ませながら、しかしそれでも「嘘だな、いるわけない」と投げ捨てるように連呼している。

「……除霊なら、この伊達くんが出来るわよ」

帆月が急に、妙なことを言い出した。

「え？」

「伊達くんはね、あなたは知らないかもしれないけど、除霊師の家系なのよ。だからこうして比奈山くんと一緒に行動してるの」

帆月しか知らない僕の情報が次々並べられていく。僕どころか、父や母までもが除霊師にされてしまった。

「ほ、帆月、ちょっと」

僕は帆月に駆け寄った。帆月は笑いながら「ごめん、ばらしちゃった」と嘘を重ねていく。

「そんなこと、出来るのか？　本当に？」

ヤナハラミツルは半分訝《いぶか》しむような、もう半分はすがるような目でこちらを覗《うかが》っている。

「そんなこと出来ないよ」

僕が小声で言うと、「大丈夫」と帆月はこっそり笑った。

「じゃあ、今から除霊をしてあげる。目を瞑《つぶ》って、歯を食いしばって」

「な、何するんだよ」

「何させる気なの」

「頬をぶん殴ってやりなさい」

帆月が耳元で囁《ささや》いた。

「は？」

「こういう子はちゃんとケジメつけないと駄目なのよ。除霊でも何でも、悪いことして殴られたって事実を作らないと。じゃないとまた誰かを傷付けるかも」

「何で僕が」

「伊達くん、鉄パイプで殴られたじゃない。伊達くんにしても、ちゃんと仕返ししないと気が収まらないでしょ」

「いや、別に」

「人助けなんだから、ほら」

帆月は僕の体をヤナハラミツルの前へと押し出した。比奈山に助けを求めたけれど、こんな時に限って薄ら笑いを浮かべているだけで、何もしてくれそうもない。

目の前には、言われたとおり正直に目を瞑り、歯を食いしばっているヤナハラミツルの顔。

……ひょっとすると、根はいい奴なのかもしれない。

僕は人を殴ったことなんてないし、暴力は嫌いだけれど、ヤナハラミツルがこれ以上悪いことをしなくなれば、という思いを込めて、右腕を振りかぶり、そして、ヤナハラミツルの頬目掛けて振り下ろした。

ぱちん、という乾いた音が、暗いマンションの廊下に響き渡る。

「パー、ですか」

帆月が小さく噴き出した。

つきのみや

台風は沖縄に接近し、ゆっくり北上しているそうだ。進行速度が極端に遅い台風だけれど、風速は三十メートルを超えているようで、「予断を許さない状況です」とニュースキャスターが連呼していた。

そう言われると雲の流れも若干早い気がするね、とジャングルジムに乗りながら帆月が言う。

「そうだね」

僕は帆月を乗せた丸いジャングルジムを、ゆっくりと回しながら答えた。

「肩、大丈夫?」帆月が尋ねてくる。今日で三度目だ。動かせば痛みはするけれど、帆月に見て貰ったところ、骨は折れていないようだ。怪我ばかりしている帆月が言うのだから、間違いないのだろう。

「ヤナハラ君は改心したかな」

「……どうかな」

頬を叩かれて目を瞬かせていたヤナハラミツルの顔が浮かぶ。あんな程度で何かが変わるとは思えないけれど。

「本当に、霊なんていたのかな」

「私は、いなかったと思ってるけど」

「やっぱりそうだよね」

「だって、そういう陰湿なことを言いそうな顔してるじゃない、比奈山くんて」

本人が塾に行っていて不在だからか、帆月は酷いことを言う。

「……でも、結局あの子供が何なのかは分からなくなっちゃったね」

僕が言うと、帆月は「そうねー」と空を仰いだ。

「気になるなあ。何なんだろう」

物欲しそうに鉄塔の天辺を見つめる帆月。その横顔を眺めながら、僕はジャングルジムの速度を緩める。

「何でもいいんじゃない」

「よくない」帆月は首を振る。「未解決のままにしておくのは嫌なの！」

「でも……自転車は結局飛べてないんじゃ」

ジャングルジムから手を離し、そうやって厭味《いやみ》っぽく言ってみせると、

「飛べるわよ。もうほとんど完成してるの」と帆月は少し怒ったような口調になった。

「もちろん、ずっと飛び続けることは出来ないわよ？　ゆっくりと地面に降りていくっていう計算のもと作られてるわけだから」

「なるほど、なるほど」

僕は帆月を宥《なだ》めるため、必要以上に大きく頷いた。

「先生たちが来なけりゃ、本当はもう実験も終了してる予定だったんだから」

そこで帆月は「あ」と小さく口を開く。

「そう言えば、自転車取りに来いって言われてたな……でも置き場所がなぁ」

確かに、解体したとしても羽やプロペラの置き場に困りそうだ。

「……あの自転車、そもそもどうやって作ったの？」

「設計図なんかは顔見知りの教授と一緒に画《か》いたけどね。空飛ぶ自転車だなんて学校側が許してくれるわけないし、そもそも学校で作れるような代物じゃないから、知り合いの工場を貸して貰ってたのよ」

帆月の交友関係はどうなっているのだろう。加えて、作業の手間暇や掛かったお金を考えると、とても中学生のやれるようなことではない。

「そこまでして、空を飛んでみたいの？」

「自転車で空を飛びたいの」

「どうして、自転車？」

もっと簡単な方法は、きっといくらでもあるはずだ。例えば、ハングライダーとか、パラシュートとか。

そう尋ねてみると、帆月は少し逡巡する素振りを見せた。

「……鳥人間コンテストってあるでしょ」

「ああ、琵琶湖《びわこ》に飛び込むやつ」

「飛び込むんじゃないわよ。飛び上がるの」

「あ、そうだね」

帆月はジャングルジムから飛び降りると、怒ったように手を差し出した。僕は慌ててリュックから水筒を取り出し、コップに麦茶を注ぐ。

「昔、テレビで見たんだけど」

帆月は喉を潤すと、懐かしむような顔で話し出した。

「なんかね、体を動かすこととは無縁の生活をしてそうな、科学者みたいな大学生たちがさ、自転車の漕ぎ手として陸上部の人を連れてくるの。ちょっとお洒落《しゃれ》な感じの人でね。髪の毛さらさらで。けど、初対面では話が全然弾まなくてさ。それが可笑《おか》しくて」

帆月はくすくすと笑う。

「でもね、大会でその人が飛んだら、設計した学生たちがみんな叫んだんだよ。がんばれー、がんばれーって。応援された陸上部の人は歯を食いしばって、必死に漕ぐの」

琵琶湖の上をよたよたと飛ぶ人力飛行機と、畔《ほとり》で必死に声を上げる博士然とした学生たちの姿が目に浮かぶ。

「がんばれー、がんばれー」帆月は目を細めて、そして懐かしむように小さく呟いた。僕はそんな彼女の横顔をじっと見つめていた。

「結局、途中で落っこちちゃって、そんなにすごい記録は出なかったんだ。でも、みんな楽しそうだった。人の力で空を飛ぶってすごいことなんだって思ったの。それに――」

そこで帆月は言葉を止めた。そして、本当に小さな声で「記憶に残るじゃない」と呟いた。

「記憶？」

「なんでもない」

帆月はふっと息を吐くと、急にこちらを振り向いた。烏羽色《からすばいろ》の瞳とジャンパー線のような睫毛《まつげ》が僕の目に飛び込み、今まで何度も見ているはずなのに、僕はなぜか初めて帆月の顔を見たような気がした。

帆月はおもむろに左手を振り上げ、その手が小さな半円を描き、僕の頬を叩く。

「いて」

「あはは」帆月が笑う。意味が分からない。

しばらくの間、彼女はくすくすと笑い続け、それからフッと真顔になった。

「……伊達くんって、ずっとこの辺に住んでるの？」

「え？　ああ、うん」

「昔の知り合いで仲良い人とかいる？」

「どうだろ。木島とかは、今でも遊んでるけど……他とはあんまり連絡取ってないなぁ」

「そうだろうね」帆月が頷く。

「それは、僕には友達が少ないだろうっていう納得？」

「そんなこと言ってないよ」と彼女は笑った。

「そりゃあ、帆月に比べたら少ないかもしれないけどさ……」

そう僕が言うと、

「私だって、友達いないよ？　今はこんなだし」とにこやかに言うのだった。

「自覚、あるんだ……」

「小学校の頃とかは結構まめに連絡取ってた子もいたんだけどね。私、引っ越しばっかりしてたから、そのうち連絡もなくなっちゃった。まあ、そんなものよね。ここにずっと住んでる伊達くんだってそうみたいだし」

「いやまあ……違う中学に行っちゃうと、あんまり会う機会がないからさ」

「そうだよね」

何故だか帆月は、少し物悲しそうに笑った。

「そうだ、自転車を置いておくのにうってつけの場所があるじゃない」

彼女はポンと手を叩くと、公園の入り口へと向かって行った。

僕はどうして叩かれたのか問いただすことも出来ず、自分のために麦茶を注ぎながら、蝉の声がいくつも重なりあっているのを遠くに聞いていた。

「伊達くん！　手伝って！」

帆月の言葉が、蝉の鳴き声の隙間にこだまする。

彼女は必然であると言わんばかりの体《てい》で、心霊スポットのマンションを『うってつけの場所』に選択した。確かに、人の出入りこそあれど、どこもかしこも散らかっているから、ちょっと様子がおかしい自転車が置かれていても、そんなに不思議には思われないかもしれない。

昼間のリバーサイド荒川は閑散としていた。元々、立ち入り禁止の場所であるのだから、当たり前かもしれない。電気が通っていないから、日中でも建物内は薄暗く、幽霊こそ出なかったものの、やはり怖かった。

一階のロビーを少し進んだ先にある柱の裏側、見物客がほとんど足を踏み入れないような場所に自転車を置くと、壊れた翼や曲がったプロペラなどをその横にずらりと並べる。

「伊達くんって、プラモデルとか得意なんだっけ？」

「それ、見た目で言ってるよね」

「じゃあ、これから時々ここに来て、一緒に自転車を完成させよう。比奈山くんも器用そうだよね？」

帆月はそう言って不敵に笑うのだった。

○

それからも、毎日のように僕は公園へと向かった。

そして、時々リバーサイド荒川に出向いては、空飛ぶ自転車の改良作業を手伝わされた。と言っても、僕らが部品などを作れるはずもないので、もっぱら「こうしたら飛ぶんじゃないか」という意見を言うだけだったけれど、そんな素人《しろうと》の意見にも帆月は熱心に耳を傾けていて、時折、完成した部品を持参しては、嬉々として皆に披露していた。初めは不承不承《ふしょうぶしょう》といった感じだった比奈山も、帆月の熱に当てられたのか、次第に自分の案を言うようになっていったのが印象的だった。

「伊達くんは、何か意見ないの？　さっきからずっと頷いてばっかりだけど」

「ああ、いや……うん」

正直なところ、僕が言えることなんて一つもないのだ。

比奈山が積極的に参加するようになってから、よく分からないカタカナの単語だったり計算式だったりが飛び交うようになって、僕は付いていくことすら出来なくなっていた。比奈山に至っては航空力学の専門書などを持参していて、独自に勉強までしているらしい。受験はいいのかと思わなくもないけれど、そんなことまでされたら、僕の出番などあるわけがない。

「何でもいいのよ、何でも」帆月は言う。

「とにかく何か発言をすることが大事だ」比奈山も言う。

「ええと、じゃあ……サドル」

「サドル？」

二人の声が重なる。

「うん、なるべく柔らかいサドルがいいと思うんだ」

「それは……どうして？」

帆月が途端に真剣な顔になる。サドルについて言及されたことは一度もなかったからだ。

「いや、やっぱりやめとく」

僕がそう言って意見を引っ込めようとすると、帆月は「駄目」と催促する。

「何がきっかけになるか分からないから、取りあえず言ってみることだ」

比奈山も前傾姿勢で腕を組み、僕の意見を聞く態勢に入った。

「サドルが柔らかいと、何がいいの？」

「……だって、着陸した時に痛いでしょ。お尻が」

僕が言うと、帆月も比奈山も一瞬だけ目を丸くして、それから帆月は大声で笑い出し、比奈山は目を閉じて深いため息を吐き出した。

「だから、言うのやめたのに」

「飛んだ後のことも考えるなんて、伊達くんはやっぱりすごい」

相当ツボに入ったらしく、帆月はいつまでもケラケラ笑っていた。


そんな夏休みの終了が刻一刻と近づき、台風もまた右往左往しながら接近している。あまりに足が遅いので、帆月や比奈山は勝手に「伊達台風」と名付けていた。

鉄塔の子供は相変わらず変化がなく、帆月は憤懣《ふんまん》やるかたないといった感じだった。近所迷惑も顧みず何度も子供に呼びかけてはみるけれど、子供は一点を眺めたままでピクリとも反応しない。

「子供なのに耳が遠いんじゃないの！」

帆月が悪態をついた。帆月一人で公園内の気温を一、二度は上げている気がする。

「だいたい、何を見てるの？　ここからじゃ、荒川が見えるわけでもないだろうし」

「確かに」と比奈山が言い「何もないよね」と帆月が賛同する。

「鉄塔があるよ」僕は反論した。

「93号鉄塔は建て替え工事の真っ最中なんだ。それを見てるんじゃ」

「伊達くんじゃあるまいし、そんなわけないでしょ」と帆月は呆れ声だった。

「鉄塔を建ててるのか？」

「うん。もうちょっとしたら、古い鉄塔は壊されちゃうだろうね」

「へぇ……」

「土手に上れば見れるよ。見に行ってみようか」

「あのねぇ」帆月は呆れている。そんな彼女をよそに「見てみるか」と比奈山は公園の出口へと向かった。

「ちょっと、本気？」

「帆月は、実際に見なくてもどんな感じなのか分かるんだっけ」

僕はわざとらしく言ってみせる。

「伊達くん……嫌な子になったね」

帆月はぐいと口を尖らせた。

茶色のマンションと鉄塔の間の細い道を通り、土手へとぶつかると、「競走！」と帆月が駆け出し、しかし僕と比奈山はそれに従うことなくゆっくりと土手を登っていく。あっという間に駆け上がった帆月は僕らを見下ろして頬を膨らませていた。

土手を登りきると、三角帽子を被った小さな93号鉄塔が窺える。その真後ろで、新しい鉄塔の組み上げ工事が行われている真っ最中だった。前回は鉄塔の足首くらいしか建っていなかったけれど、今は腰のあたりまで組み上げられている。クレーンで赤い色をした鉄骨を吊り上げ、コンクリートの土台の上に少しずつ組んでいく。今はまだ、ただの四角錘といった形で、送電鉄塔と呼べるようなものではないけれど、もう少ししたら赤と白の縞模様《しまもよう》をした背の高い紅白鉄塔が建つことだろう。

「うーん、何が見えるというわけでもないなあ。貯水池見たってしょうがないし」

そう言いながらも、土手を吹き抜ける風を受けて帆月は気持ちよさそうだ。

「あの鉄塔、色が変だぞ」

比奈山が遠くに建つ90号鉄塔を指差す。水色に塗られたその鉄塔は、下に伸びている木々と相まって実に美しい形をしている。

「うん。あれは多分、景観を重視してああいう色なんだろうね」

「へぇ、鉄塔ってそんなことも考えてるんだ」

帆月は意外とばかりに少し目を丸くする。

「例えば、環境調和型鉄塔っていって、円柱型のもあるんだよ」

「ふぅん……」帆月も比奈山も、感心したように頷いた。

「ちなみに、手前の鉄塔が紅白なのは、背の高い建造物は紅白に塗らなきゃいけないって、航空法で決まっているからなんだ」

「伊達くん、活き活きしてるね。聞いてないことまでスラスラと」

「あ、ごめん」

「いいんだけどね」

帆月はそう言って、不意に僕の手首を摑んだ。急に彼女と触れ合ったので、思わずドキリとしてしまったけれど、帆月は比奈山の手首も同時に摑んでいて、僕ら三人は並んで鉄塔の子供を見上げた。

「何を見てるんだろう」

帆月は子供の気持ちに成り代わるみたいに、ぐいと首を後方に向けた。僕も比奈山も同じように首を後ろに捻る。

日差しは今日もじりじりと熱く、体中から汗が止《と》め処《ど》なく流れる。どこまでも続くかに思える鉄塔群の遥か先の空には、要塞みたいな白い雲がゆっくりと動いている。

僕は遙か遠くを眺めながら、いつかちゃんと帆月の手を握ってみたいな、なんて考えていた。

「やあ、伊達くん」

公園に戻るため土手を降り始めた時、不意に名前を呼ばれた。

振り返ると、少し離れた土手の上に明比古が立っていて、小さくこちらに手を上げている。

「あ、明比古」

僕も軽く手を上げて挨拶した。すでに土手を降りていた帆月は、陽光が眩しいのか、額に手をかざしながら「誰⁉」と声を上げた。暑さを紛らわそうとシャツの襟をパタパタとさせていて、そこから覗いた肌に思わず目を向けてしまう。そして、すぐにそらす。

「明比古だよ。同じ学校の」

「ふうん？　あんな子いたっけ。比奈山くん、知ってる？」

帆月に問われ、隣にいた比奈山は「さあね」と首を傾《かし》げる。

「いたよ！　いるよ！」明比古が気を悪くしないかと心配で、僕は取り繕《つくろ》うように言った。

そして、再び土手を駆け上がる。帆月は僕と明比古とを睨むように見ていたが、日差しの暑さに根負けしたのか、マンションの陰へと身を寄せ、そこに腰を下ろした。

「あの子……帆月蒼唯さん」

明比古はだらしなく足を開いて座っている帆月を見つめている。

「珍しい子だね」

「そうだね。珍しいと言うか、おかしいと言うか」

僕はそう言って彼女の悪態をつくことで明比古の機嫌を伺ったけれど、彼はさして気にはしていないようで、相変わらず能面のような顔で帆月を眺めていた。やがて、思い直したように堤防内の鉄塔へと目を向ける。

「あの鉄塔、あとどれくらいで完成するか、伊達くんなら分かるかな」

「ううん……この調子ならもうすぐだと思うけど……台風が近づいてるから、ひょっとしたらその後になっちゃうかもね」

「そうか。台風が来たら工事は出来ない」

　彼は大きく頷く。

「……明比古も、やっぱり鉄塔に興味が？」

　そんなはずはないと思いながらも、僕はおずおずと尋ねてみた。すると明比古はほんの少しだけ眉をハの字に下げ、それからはて、と首を傾げた。

「あ、いや、そっか。そりゃそうだよね、うん」

　僕は手を振って誤魔化した。それから、もしやと思い尋ねてみる。

「もしかして工事現場好きとかじゃ……？」

　すると明比古は、今度は反対方向へ、さらに深く首を傾げた。

「ないよね、なんかごめん」僕は再び手を細かく振って発言を取り消した。

　僕らの趣味は、ほとんど人に理解されることがない。だから、よほどのことがない限りは自分から鉄塔好き、工事現場好きだと明かすことはしないし、話を振られない限りはこちらから話し出すこともない。自分たちの趣味が一般的にマイノリティで、ややもすると気持ちが悪い部類に入っていることを知っているからだ。

　だからこそ仲間意識は強く、趣味嗜好《しこう》が同じ方向を向いているならば、多少の差異なんて気にせず受け入れる。それこそ、鉄塔好きと工事現場好きなんて、一見すればまったく別の存在が、「地理歴史部」として互いを尊重しつつ共存出来るのだ。

明比古は見た目からして太陽光に弱そうだし、ただ散歩をするならば他にも散歩コースはあるわけで、こう何度も鉄塔のそばに足を運ぶとなるとひょっとしたら――と思ったのだけど、どうやらまったくの勘違いであったようだ。

鉄塔がいつ完成するのか、明比古の興味はそこだけらしい。どうしてなのかは知る由もないけれど、人の興味は千差万別だ。他人があれこれ言う問題でもない。

「じゃあ、僕は戻るけど……」

「うん、色々とありがとう」

明比古は再び手を上げて、小さく振った。

大きな雲が漂う青空と、草の生えた土手。やっぱり明比古は夏に似合わないな、なんて思いながら、土手を小走りで駆け下りる。

○

「成実、お友達よー。木島君」

階下から母親の呼ぶ声が聞こえる。

そろそろ公園へ出かけようかな、と思っていたところで、木島が遊びに来るという予定は当然入っていない。自室で待っていれば勝手に上がってくるかと思ったのだけれど、木島はなかなか部屋にやって来ず、仕方なくこちらから玄関へと向かう。

「おい、伊達、プール行こうぜ」

木島は僕の顔を見るなり汗だくの顔で言う。

「この間行ったじゃん」

「ひと夏にプールは一度しか行けないのかよ」木島が汗を飛ばした。

「お前と二人は一度だけで十分」

「じゃあ、三人ならいいんだな」

そう言うと木島は不意に横を向いた。玄関横の壁から、す、と影が現れる。

「あ」

僕はその顔を見て思わず声を上げた。

「何だ、知り合いか？」

塀の陰から現れたのは、リバーサイド荒川で幽霊騒ぎを演出していたヤナハラミツルだった。ヤナハラミツルは木島に見つからないように、人差し指を口元に当てて「しー」とアピールしている。

「あ、ああ、いや——」

僕が動揺していると、ヤナハラミツルが素早く口を挟む。

「どうも、初めまして。柳原充《やなはらみつる》です」

ヤナハラミツルはこの間とは別人のように礼儀正しく振る舞っている。

しかし、いったいどうして彼がここにいるのだろう。違う学校だし、学年も違う。

「二人は何、どういう関係？」

「ああ、充は俺たちと同じ小学校で、一個下の後輩だったんだよ。知ってたか？」

「……いや」まったく知らなかった。

「俺の家の近くに住んでるんだけどさ、こいつも工事現場が好きで、時々一緒に出かけるんだ」

木島の説明を受け、ヤナハラミツルは再び頭を下げた。

確かに、ヤナハラミツルは工事現場に強い執着を抱いている様子だったけれど、まさか木島と繋がりがあるとは思ってもみなかった。

「でも、何でうちに来る？」

「いや、この間充が、お前がどんな奴か聞いてきたからさ。今日プールに行くから、一緒にどうだって誘ったんだよ」

木島は、僕とプールに行くことがさも前から決められていたことのように話している。

違いますよ、とヤナハラミツルは直《す》ぐさま否定した。

「ケイさんの代には有名人がたくさんいたから、その流れで伊達さんのことを聞いただけじゃないですか」

「でも、伊達なんて有名でも何でもないよなあ？　これといった特技もないし」

「え？　ああ、まあ……」

「特技、ないんですか？」ヤナハラミツルが目を丸くする。

「強いて言うなら、鉄塔の知識だけはある」

「鉄塔？」

「でもこいつはホワイトカラーだから駄目だな。俺たちみたいに現場主義じゃないと」

木島は盛大に笑い、ヤナハフミツルはまだ「鉄塔？」と首を傾げている。

「あの、例えば……幽霊とかは？」

「幽霊？　ああ、大嫌いだったよな。その手の話」

木島の言葉に僕は大きく頷き返す。「え？　あれ？」とヤナハラミツルは何度も首を傾げていた。

今更追い返すのも悪いので、結局僕は彼らと共にプールへ行くことにした。

ヤナハラミツルに対しては、鉄パイプで殴られたとはいえ、不思議と怒りは湧いてこなかった。帆月の言う通り、僕も同じようにヤナハラミツルの顔を叩いたからなのかもしれない。

「お、自転車戻ってきたのか！」

「おかげさまでね」

「世の中捨てたもんじゃないなー」

「木島も捨てないで、取って置いた方がいいよ。世の中」

僕が言うと木島は「俺たちは捨てられるタイプだからな」と笑う。

沼影プールは相変わらずの盛況だった。

僕も木島も、いつもは無言で着替えをするのだけれど、

「うわ。どうした、肩のあざ」

木島が僕の肩を指で突付《つっ》いてきた。

「おい、よせ」僕は反射的に避ける。

「痛むのか？」

「いや、痛くないけど、痛かったらどうすんだ」

「痛くないんだろ。それ、打撲か？」

「ああ、これは――」

そこで、じっとこちらを見つめるヤナハラミツルと目が合った。

「これは、倒立してたら、こけた」

「何やってんだお前」

「倒立は難しいな」

「俺なんてカラダ重すぎて、逆立ちしたって倒立できないからなあ」

「何ですかその言い方」ヤナハラミツルが小さく笑った。

着替えを終えて、屋外へと体を晒《さら》す。太陽は今日もカンカン照りで、流れ出た汗が体を伝い、水着の中へと入っていった。

「そう言えば、明日お祭りだな」

「そう。行かねえけど」ヤナハラミツルが尋ねる。

「行かないんですか？」

「行く相手がいないから」

僕は木島の代わりに答えてやる。

「二人で行けばいいじゃないですか」

「男と二人でお祭りになんか出掛けようものなら、ただちに呪われてしまう」

木島は梅干でも食べたように口をすぼめ、いやいやと首を振ってみせる。

混雑するスライダーは早々に諦め、流れるプールでそれぞれ思い思いの鉄骨を眺めて過ごした。しばらく漂った後、「腹が減った」と言い出した木島は、大きい屋根の売店へと駆けて行く。

「折角《せっかく》消費したカロリーなのに」

木島がいなくなると、ヤナハラミツルは笑いながら毒を吐いた。

「あ、伊達さん。あのリバーサイド荒川のことは、ケイさんには秘密で」

「え？　ああ……」

「ケイさん厳しい人だから、俺があんなことしたなんてバレたら怒られる」

「そりゃ、暴力はなあ」

「あ、そっちじゃなくて――いや、そっちも申しわけないけど」

「え？」

「工事現場好きの鉄則として、建築機材には一切触れちゃいけないっていう決まりがあるんだよ。ケイさんが決めたローカルルールだけど……工事中断とはいえ、エレベーターの鍵を持って乗り回してたなんて知れたら……」

ヤナハラミツルは顔を青くしている。どうやら木島は結構恐れられているようだ。

「あ……そう」

「あと」ヤナハラミツルはそこで一度言葉を止めた。

「除霊師ってのは嘘だ」

「うん、除霊師は嘘」僕は小さく頷く。

「やっぱりな」

ヤナハラミツルは鼻から息を吐いた。帆月と比奈山の嘘を、半分くらいは信じていたのだろうか。

「でも、比奈山が幽霊を見ることが出来るのは本当」

「え？」

「そして、あそこに幽霊がいたのかいなかったのかは、比奈山しか知らない」

「嘘だろ」

「……やっぱりいたのかもね。僕と帆月はそう思ってるけど」

ヤナハラミツルは炎天下で顔を青くし、小さく震え出した。少し可哀想なことをしたかな、と思わなくもない。

そうこうしていると、木島がアメリカンドッグを頬張りながら戻って来る。

「アメリカンドッグとフランクフルトが並んでたら、どうしたってアメリカンドッグを買っちゃうよな。衣が付いてる分、お徳な気がする。ドイツには悪いけど」

「服を取ったら同じだもんね」

「む、伊達。その発言は、何か世界平和に役立ちそうな気がするぞ」

木島はそう言いながら、器用にアメリカンドッグの衣を齧《かじ》り取る。途端、木島はその表情を曇らせた。

「中身、同じじゃねーな、これ」

木島は、ウインナーと呼ぶには細すぎるそれを太陽の下に掲げると、

「おお、神よ。人類は平等ではないのか！」と叫んだ。

「ずいぶんと大きな話になっちゃったな」

「なんだその顔。伊達は神様を信じてないのか」

木島はアメリカンドッグを僕に突きつける。

昔の僕ならば「そんなもの」と一蹴していたところだけれど、最近の出来事を鑑《かんが》みるに、そうも言えなくなってきている。

「お前は信じてるのかよ」

僕がそう返すと、木島は「うーん」と唸り声を上げた。

「まあ、蝉みたいに五月蠅くないなら、別にいてもいいかな」

「近年のご近所づきあいみたいな言い方だ」

「どっちも挨拶程度しか関わりがないしな。年末年始」

「困ったときに助けてくれるのは、むしろ隣人の方だろうけど」

「なるほど」木島は大きく頷く。

「人間万歳だな」

木島はそう言うと、大きな口を開けてアメリカンドッグに齧りついた。

○

「神様なんじゃないか」

僕がそう言うと、帆月も比奈山も突如、怪訝な顔になる。

帆月は公園のブランコに腰掛け、漕ぐわけでもなくゆらゆらと体を揺らし、比奈山はいつも通りベンチに座り、ぼんやりと空を眺めていたけれど、二人の間に立って僕の予想を披露すると、双方ともに「何を言っているんだ」とばかりに眉を顰めた。

「外見は子供だけど、何か……仙人然としてるというかさ、尋常じゃない感じじゃない？」

「何だ。ただの思いつきか？」比奈山は少し呆れたような口調だ。

僕は少し歩いて、公園の外を指差してみせる。

「あそこに小さな社があるんだ。赤く塗られてる」

僕の言葉に反応した帆月は早速公園の柵を跨ぐと、駐車場の先、ほんのりと木々が生い茂る場所へ向かって行った。比奈山と僕は、のんびりとその後に続いていく。

「こんな所にお社があるなんて、全然気がつかなかった」

帆月は二匹の小さな狐の像の前でしゃがみ込むと、苔生《こけむ》したその頭を撫《な》でた。

「周りが木に囲まれているから、公園からじゃ見えないんだよね」

「なるほどね。さすが伊達くん。ダテにいつもおかしな所ばかり見てるわけじゃないね」

帆月はそう言ってくすくすと笑うのだった。

「なんて書いてあるか読めないな」

小さな鳥居を眺めていた比奈山は、額に流れる汗を拭いながら呟く。

「どう？　比奈山くん、何か感じる？」

「何かって？」

「霊的な何かよ」

帆月の目がきらりと光ったような気がした。

「心霊番組じゃあるまいし。何も感じないね」

比奈山は鼻で笑うと、その場に屈み、二匹の狐をまじまじと見つめる。

「他のは比較的新しいのに、この狐、ずいぶんと古ぼけてるな」

「本当だね。お社は綺麗な赤だし、石灯籠も鳥居もしっかりしてるのに、どうしてだろう」

「さあね」

比奈山は立ち上がると、社に向けて手を伸ばす。

「ちょっと、何する気？」

帆月が立ち上がり、比奈山の伸びた手を叩いた。「いて」と声が上がる。

「中に何があるか見ようとしただけだよ」

「そんな罰当たりなこと、許しません」

「中に札でもあれば、何が祭られているか分かるのに」

帆月は、一瞬「あ」と表情を崩したけれど、すぐに眉を寄せ、首を振る。「でも駄目よ。鍵が掛かってるし」

「鍵が掛かってなきゃ開けちゃいそうだね」

僕は小さく言った。帆月はもちろんそれを聞いていたけれど、僕の言葉を無視する。

「それに、狐がいるんだからお稲荷《いなり》様でしょ？」

「まあ……そうだろうな。鳥居は灰色だけど、代わりに社を赤く塗ってるんだろう」

比奈山が社を指差した。二人の会話にあわせて、僕も適当に頷く。

「伊達くんは、あの鉄塔の子がお稲荷様だと思うの？」

「いや、うん……」

木島とのやりとりで何となく思いついただけだし、そもそも神様の種類なんて僕には分からない。曖昧に答えるしかなかった。

「稲荷大明神が、あんな子供みたいな格好だと？」

「分からないけど……でも、神様は八百万いるって言うんでしょ？」僕は神様に関して知っている知識をすべて出した。「他の神様が住み着いちゃってるのかも」

「ヤドカリみたいな感じだ」

帆月は声を上げて笑った。

「まったく肯定出来ないけど、かといって否定も出来ないな」

比奈山は再び手を伸ばし、赤い社の扉に付いている小さな鍵を弄《もてあそ》ぶ。帆月が反応するよりも早く、「やらないから」と手で帆月を制した。

「神様かぁ。神様が見えたら、楽しそうだけどなあ」

帆月は再び狐の頭を撫でた。「神様がいそうな場所って、どこかないかな？」

「さあ。神社とか？」僕は平然を装いながら伝える。

「神社か、なるほど」

「さっきの伊達じゃないが、神道の考え方だと神様は万物に宿るって概念らしいから、その辺にいるってことになるんじゃないか」

「その辺って、例えばこの石とか、この木とか？」

僕はこの社を覆う中背の木々を適当に指差す。

「……まあ、さすがにそれは言い過ぎだと思うけど、高齢の樹木なんかには宿ってそうだな」

「曰くありげってやつね」帆月は顎に指を当て、

「由緒《ゆいしょ》のある、って言えよ」比奈山は鼻で笑った。

「なんか、神様と幽霊と妖怪の差が、よく分からなくなっちゃったんだけど」

帆月は僕の言葉を聞くと、小さな狐の像に口を寄せ「罰当たりものがいますよ」と告げ口をした。そうされると、なんだか本当に神様に伝わってしまう気がして、妙に焦ってしまう。

「まあ、定義としては曖昧だけどな。付喪神《つくもがみ》なんかはとくに」

「つくもがみ？」

「長い間生きた動植物とか、ずっと使われた古道具なんかに、神様とか霊魂とかが乗り移ったものよ」

「帆月、詳しいね」

「比奈山くんから借りた本に書いてあったよ。伊達くんは怖がって読んでないいんだろうけど」

帆月がくすくすと笑う。

「とにかく、由緒がある神社とかに行けば、いいんだよね」

僕は慌てて話題を元に戻した。「このあたりなら、つきのみやとかなのかな」

「ああ、あそこは確かに古そう」と帆月が賛同する。

「そう言えば、そろそろ祭りだったか」

比奈山が少し眉間に皺を寄せた。「――あれ、今日か？」

「あ、そうなの？」

なるべく自然と口にしたつもりだったけれど、少し声が裏返ってしまった。比奈山がダーツでも投げるように鋭い視線をこちらに送ってくる。

「お祭り今日か。曜日感覚がまったくなくなってたなぁ」帆月は苦笑いを浮かべた。

「帆月は、お祭り行くの？」

僕は意を決して尋ねてみたけれど、口の中が乾いているせいか、声が喉に張り付く。

「誰かに誘われてたりとか……」

実はこれが一番の問題だった。彼女ぐらいなら、すでに誰かに誘われている可能性は十分ある。

「全然。忘れてたもん」と帆月は首を振った。

「あ、そっか。……お祭りなら、騒がしいから、神様も見に来る……かもね」

僕はおずおずと口に出す。

「岩戸隠れかよ」比奈山はそう言って笑ったが、やがて腕組みをし、小さく頷いた。

「まあ、でも、理には適《かな》っているのか。じゃあお前ら、今日つきのみや行って確認して来いよ」

「あれ、比奈山くんは？」

「俺は塾がある」

「いつでも塾だね、比奈山くんは」

「いつでも塾なんだよ、俺は」

「あとで合流しなよ」

「……終わったら電話する」

比奈山はそう言いながら、社を離れ、てくてくと公園へ歩いていった。

○

日が暮れて、心臓のあたりが騒がしくなる。

夕飯を済ませて自室に戻り、出かける準備を整えた。貯金箱から多めにお金を取り出したけれど、何かあった時のために、財布に半分、残りは靴下の中に入れることにする。小学生時代に着ていた浴衣《ゆかた》はまだ着れるけれど、自分だけが浴衣だった時の恐怖を考えると、これはリスクが大きすぎるので普段着にしておく。洗面所で鏡に向かって、父親の整髪料を使ってあれこれと試みたけれど、へんてこな髪型にしかならず、結局は全部洗い流した。そうやって無駄な時間を費やしていると、気がつけば予定の時刻も迫っていて、僕は慌てて自転車を走らせ神社へと向かった。

調神社は、正式には「つきじんじゃ」と呼ぶのが正しいようだけれど、僕らも親たちもみんな「つきのみや」と呼んでいる。何でも千八百年以上の歴史があると言われる古い神社で、鳥居はなく、狛犬《こまいぬ》ならぬ狛兎《こまうさぎ》がいる神社として有名だった。手水舎《ちょうずや》では兎の像が口から水を出しているし、境内の池にも兎を象《かたど》った像が置かれていたりする、ちょっと変わった神社だ。

祭りの日は、調神社周辺は通行止めになる。調神社を囲むようにぎっしりと屋台が並んでいて、このあたりにこんなに人が住んでいたのかと思うくらい大勢の見物客で賑《にぎ》わう。

帆月とは十八時に待ち合わせた。駅周辺は混むだろうし、神社集合だと出会えない可能性もあるので——帆月は携帯電話を持っているようだけれど、僕は所持しておらず、また神社付近に電話ボックスがあるとは限らないので——、神社から少し離れてはいるけれど、県庁前で待ち合わせることにした。

時間通りにやってきた帆月は当然私服姿で、僕はホッと胸を撫で下ろした。同時に少し期待していたので残念でもある。帆月は茶色のタンクトップの上に少し余裕のある白のTシャツを重ねて着ていて、短めのジーンズを合わせている。髪の毛はこげ茶色のリボンで後ろに結んでいて、足元は同色のサンダルを履いていた。浴衣姿ではないけれど、これはこれで。

「珍しく伊達くんが時間より早く来てた」

帆月は僕の姿を見るなり、嫌味な顔でそう言った。

「珍しくって、なに」

「お祭りは好きだから待ちきれなかった？　子供みたい」

彼女はクスクスと笑う。

「いや、別に、さっき来た所だから……」

いつも遅刻しているつもりはないけれど、今日のお祭りが楽しみであったのは正解なので、僕はつい口籠ってしまう。

「さあ、伊達くんが楽しみで仕方ないお祭りに行こう！」

帆月はずんずんと歩き出す。

「楽しみなのはそっちなんじゃないの」

僕の嫌味が帆月に聞こえたはずなのだけれど、帆月は聞く耳を持たずといった感じで、人混みを抜けていった。

県庁前の緩やかな坂道を降り、大通りの裏道を曲がりながら神社へと向かう。細い道を選んで通っていたけれど、神社に近づくにつれ、人々が群れを作り始め、この界隈《かいわい》に似つかわしくない喧騒があたりを包み始める。

やがて、神社に通じる旧中山道へ出た。

道の両脇に並ぶ屋台の照明も、目の前を流れる人込みのせいであまり見えない。神社へ向かう人の流れと、駅へ向かう人の流れが道路を二分していて、時折、その流れに逆らうように、数人の男の子が雑踏を掻き分けて行く。

僕らは屋台を物色しながら神社へと向かった。焼きそば、じゃがバター、わたあめ、チョコバナナ、輪投げ、射的、お面、金魚すくい——多種多様、色とりどりの屋台が並んでいる。

「ご飯食べてきたのに、食べたくなっちゃうから困ったものだね」

帆月はそう言ったけれど、顔はにやにやと笑っていた。

「せっかくだから何か食べようか」と僕が言うと、

「仕方ないなあ」と帆月はさらに笑顔になって、熱心に屋台を物色し始める。

値段は屋台によってまちまちで、こっちの屋台よりさっき通り過ぎた屋台のほうが安かった、なんてこともままあり、なかなか踏ん切りがつかない。おまけに「じゃんけんに買ったらもう一本」なんていう言葉がダンボール紙に張り出されていて、それがさらに僕を逡巡させた。大きな声を出され、みんなが注目する中じゃんけんをするなんて、恥ずかしくて仕方がない。そんなサービスなんていらないから、すんなりと静かに一つだけ買わせてくれればそれでいいのに。

「よし、りんご飴《あめ》を買おう」

帆月は前方に迫る、側面に「飴ごんり」と書かれた屋台を指差して言った。

「渋いね」

「あんな不思議なお菓子、お祭り以外じゃ食べないでしょ」

「そうかも」

りんご飴の屋台には、所狭しと真っ赤なりんご飴が並んでいる。すべて同じに見えるけれど、帆月は慎重にりんご飴を眺め、どれにしようか悩んでいた。僕は、りんご飴の代金をこっそり財布から取り出し、どうやって自分がりんご飴の代金を支払おうか、切り出す台詞《せりふ》を考えていた。女性に何かを奢《おご》ったことがないので、こういう時に何と言えばいいのかまったく分からない。しかし、あれこれと悩んでいるうちに帆月は目当てのりんご飴を指差し、屋台のお兄さんにお金を支払ってしまった。

「最初はグー、じゃんけん、ぽん」

屋台のお兄さんの盛大な掛け声と共に、二人はそれぞれ手を振り下ろした。

「残念！」

ちっとも残念そうでない擦《かす》れた声が響き、帆月はりんご飴を一つ受け取った。そのりんご飴をパリパリと食べながら、帆月は「パーを出すべきだった」と悔やんでいる。

「伊達くんも何か食べたいものないの？」

帆月はあっという間にりんご飴を食べ終え、りんごに刺さっていた棒を近くのゴミ箱に投げ入れた。

「ううん――」僕はあたりの屋台を見渡す。

「チョコバナナかな」

「お、いいねえ。行こう」

チョコバナナの屋台には、茶色いチョコレートだけではなく、ピンクや水色をしたチョコレートが掛かったものもある。前に並んだ客は嬉々として水色をしたチョコバナナを選んでいた。

「あれ、すごい色」

帆月が呟く。「普通の色の方が美味《おい》しそうだよね」

「帆月も食べる？」

「そうしようかな」

「あ、じゃあ奢るよ」

僕はなるべくさり気なく言い、淀《よど》みなく財布を取り出した。

「何で？」

予想に反し帆月にそう返され、僕は言葉に詰まる。

「え？　いや」

「奢ってもらう理由がないでしょ」

「あ、うん、そうか」

僕はこの時初めて、人に物を奢るには理由が必要なのだということを知った。

前に並んだ客に向けて、店の人が「最初はグー」と大きな声を出している。

「伊達くんが宝くじでも当たったんなら、奢ってもらうのもやぶさかでないけどね」

「い、いや、当たってないよ」

僕は動揺すると、どうにも声が上ずってしまうようだ。

「私たちはお金に不自由な中学生なんだから」と帆月は言った。僕は財布から取り出した余計な小銭をポケットに突っ込み、ギュッと握り締めた。なんだか、とても恥ずかしい気分だ。

そんな僕の顔を帆月はじっと見つめてくる。それがさらに恥ずかしさに拍車を掛けていく。

「あ、じゃあ、こうしよう」帆月は一つ手を叩く。「じゃんけんで勝ったやつを頂戴」

「え？」

「ほら、伊達くんの番だよ」

人相がいい、とは言い難い店の人が「どれにする？」と声を張る。僕は定番と思える茶色いチョコバナナを指差した。

「じゃんけんに勝ったらもう一本。じゃ、いくよ――」

そう言って店の人が片手を突き出す。

どうしても、このじゃんけんには勝たねばならない。

「じゃんけんぽん」僕はそう言って、勢いよくパーを出した。

しかし、それと同時に店員は「最初はグー」と言いながら、きつく握った拳を出している。

「あっ」

すぐさま僕は仕切りなおし、「じゃーんけん！」の掛け声と共に、大きく手を振り上げた。

それに合わせて店の人も小さく手を振る。

「ぽん！」

僕は、チョキ。

店の人は、パー。僕の勝ちだ。

「お、やるねえ」店員はさほど悔しくなさそうに唸った。「もう一本好きなの選びな」

「伊達くん、やったじゃん！」

帆月が明るい声を響かせ、僕の肩を叩く。

「どれがいい？」

「あ、ええと、じゃあ、その水色のを」

「はいよ」

店の人は負けたことを気にした様子もなく、茶色のチョコバナナと水色のチョコバナナを一本ずつ僕と帆月に手渡した。さすがに店の前で食べるには混雑しているので、道を少し離れた空き地に向かい、そこでチョコバナナを頬張る。

「まさか本当に勝つとはね」

帆月は奇妙な色をしたチョコバナナを、まじまじと眺めている。「最初、普通にじゃんけんしちゃって、動揺してたのが面白かったけど」

「あれは作戦」

「え、本当？　どういうこと？」

「ええとね、絶対に勝つわけじゃないんだけど」

僕はそう前置きをして、説明する。

「最初はグーって掛け声でじゃんけんをするのは、事前に聞いて分かってたから、こっちはわざと普通にじゃんけんを始めて、パーを出したんだ。グーに勝つパー。当然その勝負は無効なんだけど、相手の心理としては、次に続けて同じグーは出しにくいよね。たった今負けたってイメージがあるから。だから、相手はグー以外の何かを出すわけ。グーの他にはチョキとパーしかないから、チョキを出しておけば悪くてあいこ、運が良ければ勝てる」

僕が言い終えると、帆月は「おお」と感嘆の声を上げる。

「伊達くん、その眼鏡は伊達じゃないね」

「そうかな」

「伊達くんとはじゃんけんをしないようにしよう」

「ぜんぜん必勝じゃない作戦だし、これ、僕が考えたんじゃないんだけどね」

この「じゃんけん大方《おおかた》必勝法」を考えたのは木島だった。木島は他にもいくつか作戦を持っていて、小学生の時、その技で数々の給食の余り物を胃中に収めていた。

「とにかく、ありがとう」

帆月は笑顔でそう言うと、おいしそうにチョコバナナを齧った。僕も久しぶりのチョコバナナを頬張る。

それから再び僕らはのそのそと歩き出し、ようやく境内の入り口へとたどり着いた。狛兎の間を通り抜け、まずは手水舎を目指す。屋根の付いた手水舎には、僕の腰くらいはある大きな兎が水盤に前足を掛けるように立っていて、口からちょろちょろと水を流していた。帆月は手を伸ばして兎の頭を軽く撫でた後、柄杓《ひしゃく》を使ってスムーズに左右の手を洗い流す。

確か手を洗うにも正式な作法があったはずだぞ、と帆月を凝視してみたけれど、あまりに手早く済ませてしまったためにまったく覚えられなかった。僕は見様見真似で、柄杓で掬《すく》った水を左右の手に流したり、口を漱《すす》いだりしてみた。

参道を少し奥に進むと、すぐ本殿がある。本殿の左側には商店街の店名が書かれた提灯《ちょうちん》がいくつもぶら下がっていて、神社の一角がぼんやりとした橙色《だいだいいろ》に照らされていた。

「綺麗だねえ」

帆月が感嘆の声をあげる。

「混んでるけど、折角だからお参りしよう」

そう言って彼女は拝礼の列の最後尾を目指した。

少し進んではすぐ止まり、再びのそのそと歩き、ようやく僕ら二人は賽銭箱《さいせん》の前に立った。

幸い、小さな看板に正しい拝礼の仕方が書いてあり、僕は鈴をガラガラと鳴らし、財布の中から綺麗な五円玉を選んで投げ入れてから、看板に倣《なら》って拍手、礼、合掌をする。

何を願おうかしばらく悩んだけれど、あまり色恋のことばかり考えているのも阿呆《あほ》らしいし、かといって学問に関するお願いをしても、まずは見合った努力をしなければいけない。

先立つものは金銭かな、とお願いをしようとしたところで、拝礼を終えた帆月が列を離れてしまい、僕はただ頭を下げるだけで賽銭箱を後にした。

帆月は拝礼の列から少し離れた所で、本殿をじっと見つめている。

「とくにおかしなものは見えないなあ」

僕が近寄ると、帆月は目を凝らしながら言った。そこで僕はこの神社へ来た理由を思い出し、本来の目的を忘れていたことを悟られないように平然を装いながら、「なるほど」と頷き返した。

「もうちょっと奥に行ってみよう」

そう言って帆月はスタスタと歩き始めた。

拝殿からさらに奥へ進むと、左手に小さな池が見える。このあたりは露店も出ていないので薄暗く、人通りもまばらでひっそりとしていた。本殿のあたりを振り返ると、確かにお祭りの賑《にぎ》わいが窺えるのだけれど、何となくぼんやりとしていて、まるで映画のスクリーンでも見ているような気分だった。

池を左回りでぐるりと回り、反対側へと向かってみる。

池の反対側には赤く塗られた鳥居が数基、道を作るように直線に並んで立っている。薄暗い中で目を凝らすと、最初の鳥居の額束には「稲魂社」と書かれていることが見て取れた。

「いなたましゃ？　って何だろう」

帆月が鳥居を見上げながら僕に尋ねる。

「さあ」

稲という文字が入っているから、稲荷と何か関係があるのだろうか。比奈山ならば何らかの知識を持っていると思うけれど、僕にはさっぱり分からない。

いくつかの鳥居を通り抜けた先には、やや小さめの社があった。扉は赤く塗られていて、社の左右には、赤い布を首に巻いた四匹の狐が座っている。

「お稲荷様なのかな」

帆月がポツリと言った。

「ここも稲荷なんだ」

94号鉄塔近くにあった小さな稲荷を思い浮かべ、不思議な共通点に僕の心臓は少し速く脈打ち始める。

「これは、ひょっとして、何か繋がりがあるのかな」

「火事、喧嘩《けんか》、伊勢屋《いせや》、稲荷に犬の糞《くそ》」
五、七、五を詠むような調子で帆月がそう言った。
「なに？　それ」

「江戸時代に多かったもの。それくらい、お稲荷様はどこにでも建ってるってこと」

「そうなんだ」

「ビルの屋上とか、お店の横とかによくあるよね」

そう言われると、確かに至る所に赤く塗られた鳥居があったような気がしてくる。

「そうかも」

「伊達くんは鉄塔ばっかりだから、気が付いてないかも知れないけど」

帆月はくすくすと笑った。その通りなので、何も言い返せない。

社の左右には三つずつ、さらに小さな社が並んでいた。一番小さいものは石造りで、僕の腿《もも》くらいの高さしかない。けれど、どの社の前にも赤い布を巻いた狐が置かれていて、それらすべてが稲荷であることを表しているようだった。

正面の社の右側に立て看板があり、そこにこの社についての説明が記されていた。

「これが旧本殿なんだ」

帆月は携帯電話のライトで看板を照らし、じっくりと見つめている。

この旧本殿は江戸時代の中ごろ、享保《きょうほう》十八年に建立《こんりゅう》され、現社殿《しゃでん》が建立された安政《あんせい》年間までは、調神社本殿として使われていたようだ。よく見れば、旧本殿のさまざまな箇所に兎の彫刻が施され、この頃からすでに、月の出を待ち祈りを捧げる月待《つきまち》信仰があったことが窺える。

「兎なのか狐なのか、はっきりしないお社だね」

帆月は、鈴緒《すずお》が取り付けられている社上部に施された兎の彫り物を眺めながら言った。

「兎と狐って、何か関連があったりするのかな」

「ううん」帆月は少し首を傾げる。「なんか、二匹が出てくる諺《ことわざ》があった気がするな。兎が死んだら狐が悲しむ、みたいな言葉で――」

そこで、帆月の言葉が止まった。口をぽかりと開いたまま、帆月は僕の背後を見つめている。やがて、犀利《さいり》そうな眉がギュッと歪んだかと思うと、

「伊達くん、あれ」

帆月は僕の腕を掴み、もう片方の手で視線の先を指差した。

帆月の指の先、本殿と旧本殿との間には一本の砂利道が通っていて、そこに二人の人影がゆっくりと動いているのが見えた。境内の簡素な照明に照らされ、その人影が浴衣を着た男性であることが分かる。男の手に引かれるようにして、小さな子供がとことこと後をついて行く。彼らの向こうには屋台や境内の明かりがぼんやり灯っていて、やはり僕は映画のスクリーンみたいだと感じた。

「何？　どうしたの？」

僕はどこを見ればいいのか分からず、帆月に尋ねた。

「あの人たち」

帆月は浴衣の男性を指差す。

間隔をあけて吊られている照明が、男性の顔をうっすらと照らした。その顔は真っ白で、耳は上方にピンと立ち、まるで兎の顔だったので僕は驚いたけれど、すぐにそれが兎のお面であることが分かった。僅かな光をチラチラと反射し、遠目からでも、プラスチック製の安価な素材で作られていることが見て取れる。

「あの人がどうしたの？」

「なんか、変な感じしない？」

帆月は声を潜める。

「……お面だから？」

「そうじゃなくって、連れられてるあの子！　鉄塔の子に似てない？」

帆月の言葉に僕は眼鏡を持ち上げる。薄闇で色合いまでは分からないけれど、子供の着物は確かに格子柄をしていて、あの鉄塔の子供が着ていたものによく似ている。しかし、隣の男性同様にお面をかぶっているため、その顔までは判然としない。

そうやって話している間にも、浴衣の二人組は一定のペースで砂利道を歩き、本殿裏手の道を曲がって行った。

「行こう」

帆月が僕の手を強く引いた。とにかくここは彼女に従おうと、僕は合わせて足を踏み出す。

現在の本殿裏手にある暗い道を、帆月に引っ張られながら走り抜ける。何という名前の木なのか、背が高く、太い幹の木々が遥か頭上を覆っていて、それがざわざわと揺れている。

やがて、朱色に塗られた鳥居の前に到着した。

「あれ、行き止まり？」

「本当だ」

不思議なことに、鳥居の先には何かを奉《たてまつ》っているような拝殿はなく、ただ木々が生い茂っているだけの袋小路になっていた。

「さっき歩いてたお面の人は？」帆月は息を整えながらあたりを見回す。

「……いないね」

一本道であったはずなのに、追いかけていたお面の男たちの姿はどこにもなかった。お祭りの喧騒《けんそう》もここまでは届かないようで、あたりはしんと静まり返っている。

「どこか、この先に抜け道があるのかも」帆月が僕の腕を強く握った。

帆月は僕の腕を引き、鳥居を潜り抜けた。その瞬間――、
僕の目の前に、奇妙な光景が広がった。

袋小路だったはずの鳥居の先に、朱に塗られた大きな拝殿が見える。

拝殿から延びる参道の横には蠟燭《ろうそく》の灯った灯籠が立ち並び、また拝殿の屋根の下には無数の提灯がぶら下がっていて、鮮やかに朱《あか》く染まる拝殿をより浮き上がらせていた。

そして、その拝殿の前に、先ほど僕らが追いかけていた男と同じ格好の人物が、右にも、左にも、何十人もいた。背が高かったり、低かったり、痩せていたり太っていたりと差はあるけれど、皆一様に浴衣姿で、顔には兎のお面を被っている。

僕と帆月は鳥居の真下で、目の前にいきなり現れた光景を見つめ、ただただ愕然《がくぜん》としていた。お面の男たちはこちらに気付いた様子はなく、それぞれ拝殿の方に体を向けている。参拝しようとしている風でもあり、何かが始まるのを待っているようでもある。

彼らに見つかってはいけない。何となく、そんな気がする。

帆月も同じようなことを思っているようで、一言も口を開かなかった。僕の腕が、小刻みに震え出す。帆月も同じく震えているのかもしれない。しかし、隣を覗うことすらためらわれる緊張感と圧迫感がそこにはあった。

ぼそぼそ、と声がする。

そこかしこで、お面の男たちが会話をしている。

僕は耳を澄ませた。声はくぐもっていて、聞き取り難い。

「まもなくか」

「まもなく」

「おみおくりのぎ」

「こんとしもとどこおりなく」

「きおくもたまった」

「あふれでんばかり」

「こんとしはとくにおおい」

「おおすぎる」

「はこべはこべ」

「とどこおりなく」

「かわをながし」

「うみへかえし」

「すべてわすれる」

「とどこおりなく」

日本語だ。けれど、それが何を意味しているのか、さっぱり分からない。

帆月が、僕の腕を摑むその指に、グッと二回力を入れた。その合図を受け取り、僕は帆月の方を目だけで見遣《みや》る。

帆月の目は大きく見開かれていて、その口が「きこえた?」と動いた。僕はほんの僅かに頷いて返事をする。

帆月は、恐怖と好奇心とがない交ぜになったような、とても不思議な顔をしている。目だけをキョロキョロとせわしなく動かし、ありとあらゆるところから情報を得ようとしているようだった。

その、帆月の視線がある一点で止まり、大きく口を開いた。

「見て」

帆月が声を漏らす。その声はとても小さいものだったけれど、僕は周りに聞こえたのではないかと息を呑《の》んだ。

「あそこ」

帆月は構わず続ける。お面の男たちは、こちらに気付いた様子はない。僕は周囲を気にしながら、帆月が示している方向に視線を送った。

参道の外れ、提灯の光がぎりぎり届くかといった暗がりに、ぽつんと影が立っていた。目を凝らすと、周りの男たちと同じようにお面を被ってはいるが、その影は明らかに小さい。

「あの子、鉄塔の」

帆月が僕の手をきつく握る。

確かに、白地に格子柄の着物を着ているし、背格好もほとんど変わらないように見える。

いったい、彼らは何なのだろう。ここで何が起ころうとしているのだろう。

そんな疑問が、頭の中にぽつぽつと浮かび上がる。少しだけ冷静になってきた。

しかし、答えは出ない。疑問ばかりで、考えはひとつもまとまらない。

急に、あたりのざわつきが、スッと収まっていった。

ぼそぼそと喋《しゃべ》っていたお面の男たちはみんな、拝殿を注視したまま、静かに直立している。

僕と帆月との間に緊張が走る。

やがて、拝殿の扉が、音もなく左右に開いた。

暗闇から、真っ白な浴衣に身を包み、白い狐のお面を被った一人の男が現れる。男は静かに数歩前に進むと、ゆっくりと境内を見渡した。僕も帆月も思わず身をすくめる。

男は手に細長い棒のようなものを握っていた。その棒の先端には、薄い紙をひし形を縦に連ねたようなものが、二本垂れ下がっている。神主が、お払いの時に振り回している棒によく似ていた。

狐のお面を被ったその男は、その棒を両手で掲げる。

すると、周りにいた兎のお面をした男たちが、一斉に平伏した。途端、視界が一気に広がる。遅れて、先ほどの小さな子供が、地面に膝を突いた。

帆月は慌てて姿勢を低くし、僕の手を引っ張った。僕らは、周りの男たちに合わせるようにして、同じような姿勢をとる。

狐のお面の男は、棒をゆっくりと左右に振っている。

しばらく、僕も帆月も、顔を下げたままじっと蹲《うずくま》っていた。

これは何の儀式なんだろう。

何かとんでもない奇妙なことに巻き込まれているのではないかと、参道に散らばっている細かな砂利を見つめながら、不安に駆られる。

兎のお面を被った一人の男が、狐の待つ拝殿へ静々《しずしず》と近付いて行く。お面の下から見える肌は陶器のように真っ白で、僕は何故だか既視感を覚えた。

肌の白い男は、狐のお面の前で一つ頭を下げ、それから彼の横に立つと声を上げた。

「みちはととのった。かぜにまぎれ、いそぎおわらせたい」

男が言うと、一斉に「とどこおりなく」と声が響いた。

肌の白い男が拝殿を辞すると、やがて、周りの男たちがゆっくりと立ち上がる。それに合わせて僕と帆月も立ち上がった。

狐のお面の男は、振り上げていた棒をすでに下げていて、今まさに拝殿の扉へ戻ろうとしていた。

その時、静まり返った境内に、チャララ、と場違いな電子音が鳴り響く。

「あっ」

帆月が小さな悲鳴を上げる。音の発生源は、帆月の携帯電話だ。陽気な前奏が流れた後、古めかしい女性の歌声が響く。テレビで放映されている、懐かしの歌謡曲特集みたいな番組でかかりそうなメロディだった。

拝殿の中へ消えようとしていた狐のお面の男が、それまでの動きとはうって変わったように鋭く振り返った。それに合わせて、境内に居る男たちが一斉に振り向く。

お面。

お面。

お面。

いくつものお面が、僕と帆月を睨んだ。

ぞくり、と背筋が凍る。

この世のものではない、得体の知れない恐怖が、目の前に無数にある。

「逃げよう！」

僕は帆月の腕を取り、引っ張った。鳥居を潜り抜け、元来た道へ引き返す。帆月は携帯電話を握り締めたまま、僕に手を引かれている。

その間も、携帯電話から音楽は鳴り続けていた。帆月は慌てていて、うまく携帯電話を操れないらしい。我を失っている帆月を目にするのは初めてのことだった。

木々の生い茂る裏道を走り抜け、とにかくあの旧本殿を目指す。

ちら、と後ろを覗った。

目を丸くしながら付いてくる帆月の後ろに、いくつもの兎の面が浮かび上がっている。

追いかけて来てる！

僕は必死に走った。

捕まったら二度とこちらには戻れない。そんな予感がした。

やがて、僕に引っ張られていたはずの帆月は、僕の横に並び、そして、僕を追い抜いた。

先ほどとは反対に、今度は僕がグイグイと引っ張られる。帆月はいつの間にか我に返っていて、そして、いつぞやヤナハラミツルを捕まえた時と同じような、物すごい俊足を見せた。

僕は手を引かれながら、転ばないように必死に足を前へ繰り出す。

旧本殿を通り過ぎ、いくつもの赤い鳥居を潜りぬけた先に、ぼんやりとした光が広がっている。

ざわざわとした喧騒。雑踏。人の声。

お祭り中の神社の境内。

人。

人。

人の群れ。

心の中に安堵感が広がっていく。

帆月と僕は、ためらわず雑踏の中に飛び込んだ。道行く人にぶつかりながら、二人して振り返る。

お面の男は——どこにもいない。

帆月は肩で息をしながら「もう、大丈夫かな」と呟いた。

思い切り走ったせいでうまく呼吸が整わず、僕は手を膝に突き、曖昧に首を振る。

人の流れに逆らいながら、僕らは道の脇へと進んだ。

「電話、比奈山くんからだった」

帆月は携帯電話をこちらに見せた。携帯電話の着信履歴には確かに『比奈山くん』と記されている。

「塾、終わったのかな」

帆月は額に汗を流しつつも、すでに呼吸は元の状態に戻っているようで、平然とした顔で電話を掛けている。短いやり取りのあと、帆月は電話をしまった。

「比奈山くん、すぐ来るって」

「あ、そ、う」

僕はまだ呼吸が乱れたままだ。

「何か飲もう。喉渇いちゃった」

帆月は財布を取り出すと、意気揚々と屋台へ向かっていった。


その後、比奈山と合流した僕たちは、再びあの裏道に向かうことにした。僕は危ないからと否定したのだけれど、帆月も比奈山もまったく耳を貸さなかった。

しかし、向かった裏道の先は袋小路のままで、参道も、灯籠も、境内もなかった。それどころか朱色に塗られた鳥居すらない。本殿裏手の道や境内の隅々まで捜し回ってみたけれど、先ほどのお面の男たちも、一人として見つけることは出来なかった。

「おかしいなあ」

帆月は何度もそう呟く。

文句を言うかに思われた比奈山だったけれど、とくに何を言うでもなく、渋い顔をしたまま捜索に付き合っていた。

「どこにもいない」

散々歩き回ったあと、僕らはつきのみやの境内の脇にあるベンチに腰掛けた。

「あれは、何だったのかなあ。幻かなあ」

ふわふわとした綿菓子を食べながら、帆月は唸るように呟く。

確かに、あんな出来事があったにもかかわらず、神社やお祭りに来ている人たちがそれに気付いた様子はないし、変わらず楽しそうに歩いている。まるで、僕と帆月だけが幻覚でも見ていたのか、という気になってしまう。

「全部、本当だったと仮定しよう」

味の薄そうなやきそばを片手に持った比奈山が、もう一方の手に持った箸を小さく振る。

「兎のお面は、多分このつきのみや神社にまつわる何かなんだろうな。それと、その境内に入る手前にあったらしい鳥居が赤く塗られていたこと。そして、狐のお面の男が出てきたことから、そいつは稲荷に関係する何か、なんだろう」

比奈山はそこで、やきそばをぐい、と口に頬張った。しばらくもごもごと口を動かしたあと、比奈山は続ける。

「ここからはさらに想像だが、おそらくあの鉄塔の上の子供と、その兎や狐のお面とは、何らかの繋がりがあるんだろう。お前らが見た、その〝よく似た子供がいた〟っていうのを百パーセント信じたとして、だが」

「似てたよね」

帆月の問いに、僕は大きく頷く。

「もしかしたら、同じ存在なのかもしれないな」

「あの子供と、お面の人が？」

「可能性はある」

「あの人たちは何だったんだろう。比奈山くんにも見えたのかなぁ」

「分からん。見えなかったかもしれないし、何かが見えたのかもしれない」

「後の祭りだね」

そう僕が言うと、比奈山は「ふん」と鼻で笑った。

「そのおかしな境内とやらで、伊達の手を離せばよかったんだ。そうしてみれば、そいつらがおかしな存在だったかどうか、一発で判断できた。なのに、ずっと仲良く手を握り合ってたんじゃやな」

「そっか、その手があった」

比奈山は皮肉めいた顔をした。僕は慌てて「手は握ってない」と否定する。

帆月は悔しそうな顔で自分の手を睨んだ。

「ひょっとしたら、伊達をその変な空間に置き去りにする可能性も、あったかもしれないけどな」

「それはそれで、面白展開だね」

「ち、ちょっと」

「大丈夫。伊達くんが取り残されても、私が助けてあげるから」

帆月は満面の笑みを浮かべた。もしかしたら、あのおかしな空間に取り残されていたかもしれない自分を想像し、僕は再び寒気を感じた。

「あれ、何の集まりだったんだろ」

帆月は、棒だけになった綿菓子を、狐のお面の男がやっていたように、ぶんぶんと振ってみせる。

「俺は、そいつらがぼそぼそと喋ってた内容が気になるね」

「でも、あんまり意味分からなかったんだよね」

「まもなく。こんとし。はこべ。これらが日本語だとすれば、つまり、もうすぐあいつらが何かを運ぶってことだろうな」

「何を?」

「さあな」

「いつ?」

「知るかよ」

「うーん」

質問攻めをした帆月は唸り、比奈山も中空を見つめたまま、それぞれ考え事に耽《ふけ》り出した。

「……なあ、帆月」

難しい顔をしていた比奈山が、帆月から視線をそらすようにして、そう呟いた。

「お前があの鉄塔の子供を初めて見たのって、いつ頃だ?」

「え？　ええとね……」

今度は帆月が空を見上げて眉を寄せる。

「初めて見たのは夏前だから……六月の終わりくらいかな。あの辺を通って、何の気なしに鉄塔を見たら、あの子がいたの。何だろうって、しばらくあの公園に通ってたんだけど、何にも起きないから、それで、二人に声を掛けたって感じ」

「その前までは、見えなかった？」

比奈山の問いに、帆月は「どうだろう」と首を傾げる。

「その時に初めて行ったから……その前は分からないなあ」

「そうか」

ベンチに座ったまま、比奈山は膝の上に肘を置き、少し前のめりの姿勢を取る。

「帆月があの子供を見た時期が重要？」

そう比奈山に尋ねるが、「ああ、いや」と歯切れの悪い答えが返ってくる。

「……まあ、とりあえず、考え事は明日にすれば？　まだ、後の祭りじゃないんだから」

「うん……そうだね」

帆月は手にしていた割り箸をゴミ箱に投げ入れると、「次は何を食べようかしら」と立ち上がり、あたりを物色し始めた。

「よく食う女だな」

比奈山は、やれやれといった様子で、再びやきそばを食べ始める。

「伊達くん！　金魚すくい！　じゃんけんで勝てば、掬うやつ一本サービスだって！」

「あいつ、金魚も食う気か？」

遠くの屋台で腕まくりをしている帆月を見ながら、比奈山が呆れたように笑った。

祭りはまだまだ盛況のようで、神社の境内をひっきりなしに人が行き来している。そこかしこから陽気な声が聞こえ、誰の顔からも笑顔がこぼれていた。

「あいつの家、あの公園から結構距離あるんだ」

帆月が右腕を振り上げてじゃんけんの姿勢に入ろうとしている。あの技を使うかな、と案じながら見ていると、隣の比奈山がそう切り出してきた。

「偶然通りかかるような所じゃない」

「……それが、どうしたの？」

「何であの公園に行ったんだろうな、あいつ」

比奈山も僕も、帆月を眺めている。帆月はじゃんけんに勝利したようで、片手にお椀《わん》、片手にポイを二本持ち、水槽の前にしゃがみこんだ。

「ひょっとしたら――」

あくまでも予想であり、自意識過剰と言われても仕方がないのだけれど、頭の中に浮かんだ言葉を喋ってみる。

「僕の読書感想文がきっかけかも」

「読書感想文？　なんだそりゃ」

僕は、自分が書いた読書感想文を帆月が読んでいたことと、その内容――京北線94号鉄塔に纏《まつ》わる内容であったこと、先ほど帆月があの子供を見た時期が、読書感想文を提出した時期と重なることなどを伝えた。

「……なるほどな」

比奈山はそれで納得したのか、小さく頷いた。

そして、「これから言うことは、帆月には伝えるなよ」と前置きをする。

「精神感応《せいしんかんのう》って知ってるか？」

「え？　せいしんかんのん？」

「精神感応――有体《ありてい》に言えば、テレパシーか」

「テレパシー？　テレパシーって、相手の考えてることが分かるみたいな……？」

比奈山の発する言葉が、あまりに突拍子もなくて、僕は少し唖然《あぜん》としてしまう。

「俺も本で読んだ程度の知識しか持ち合わせていないんだけどな。テレパシーって言ってもいろんな種類があって、相手の意思を読み取るものだけでなく、自分の頭の中の映像を他人と共有するっていうものもあるらしい」

「へぇ……そうなんだ」

「帆月はテレパシーが使えるんだ」

「は？」

「さっき言った、テレパシーの中でも、自分の頭の中の映像を他人と共有する力。帆月は多分それじゃないかと思う。直接肌に触れることで、発動するんだ」

「ち、ちょっと待って。ええと……神様を見ることが出来る力の他に、そういうのがあると思うってこと？」

「いや」比奈山は首を振る。「俺は、帆月は神様を見ているわけじゃないと思ってる」

「え？」

「全部、あいつの頭の中にある出来事なんだ。あいつの想像と言った方が分かり易いか。それを、俺や伊達が共有してるだけで」

「待って待って……！」

比奈山の話はあまりにも突飛《とっぴ》過ぎて、僕は頭の中を整理しようと必死で考えをまとめる。

「あの鉄塔の子供とか、さっきのとか、全部帆月の妄想だって言ってるの？　さっきそこの神社で変な空間に行ったのは、僕も一緒だったんだよ？」

「それは俺も驚いた。俺も、自分の考えが百パーセント正しいって言ってるわけじゃないんだ。あくまでも可能性の話だよ」

比奈山は、僕だけじゃなく、自分を落ち着けるように、ゆっくりと言葉を選んで話している。それは、混乱している僕にも十分に伝わってきた。

「俺は、帆月には、頭の中にある映像を伝える力があるんじゃないかって思ってたんだ。帆月にはそれが現実のように見えていて、テレパシーで、俺達にも伝わってきてるんじゃないかって。さっきお前らが体験したことも、一応それで説明することは出来る。スケールは大きくなってるけどな」

「説明がつくって言われても……」

　先ほどのあの体験が、偽物だなんて、まったく納得がいかない。そんな僕の思いが伝わったのか、比奈山は小さく頷いた。

「ヘッドマウントディスプレイって知ってるか？」

「え？　ええと……あの、３Ｄで見える眼鏡みたいな」

「そう。こう、すっぽりと目を覆うような形をしてるんだけど、そこに外部からの映像を流し込んで、あたかも自分が別の場所にいる、みたいな感覚に陥らせることが出来るんだとか」

　最近何かと話題になっているので、僕も多少なりとは言え知識があった。ゲームにも応用出来るかもしれないとのことで、木島が「エロイことも出来るようになるのか」と興奮していたことを思い出す。

「もし、現実と区別がないほど精巧な映像が、眼鏡を掛けていない状態で流れてきたとしたら……現実かそうでないかの区別が出来ると思うか？」

「それは……どうなんだろう」

　眼鏡を掛けているから、偽物だと判断出来るのであって、何もない状態でそんなことをされたら、難しいかも知れない。

「帆月が、そういう偽物の映像を見ていて、それが僕にも伝わったんだって……そういうこと？」

「帆月は偽物だと思ってないけどな」

「……そんなこと、あるのかな。だって、鉄塔の子供とか、お面の男とか、あまりにも不自然じゃないか」

「不自然かどうかは、お前が決めることじゃないんだ。帆月の中で、あれが正しいと感じたのなら、それは帆月の世界では現実なんだよ」

比奈山は強く言った。

「あるいは、今回の一件はいい例なのかも知れない。伊達の読書感想文が発端だったっていうのは、合ってるのかもな。最初のその段階では、帆月の中には、あの子供に対して何の情報もなかったんだ。だから、何をするわけでもない、正体も分からない子供が見えるだけだった。そしてその後、神様なんじゃないかって言い出した伊達の案に乗っかるようにして、帆月には他のモノが見えるようになった。神様だっていう格が与えられたんだ」

そう言って、比奈山は不意に手を振り出した。彼の視線の先に、勝利宣言をするかのように、高々と腕を上げている帆月の姿があった。手には透明なビニール袋があり、その中で、オレンジ色の小さな金魚が細かく動いている。

何故だか僕は、比奈山に裏切られたような気がして、ショックだった。

「なんで、帆月には、神様が見えているわけじゃないって思ったの？」

「ああ、それはな……」

比奈山は少し逡巡するように、口を二、三度パクパクと開いた。

「俺も、自分がそうなんじゃないかって、思ってたから」

「比奈山が？」

「俺が見えているものは、霊なんかじゃなくて、俺が作り出した妄想なんじゃないかって。霊だって証拠は何もないんだよ。婆ちゃんがそういう人だったって言うだけで、俺もそうだとは限らないし、あるいは、婆ちゃんも妄想に取り憑《つ》かれてて、俺も同じような病気が発症したのかも知れない。今でも、その可能性はあると思ってる」

自分の見えているものが本当に存在するのかどうか——その答えは、自分ひとりでは出すことが出来ない。他者の存在があって、共感が得られて、初めて対象の存在が認められる。僕は、自分が当たり前だと思って暮らしている世界が、実はとても脆《もろ》い状態にあっただなんて、想像すらしていなかった。

「伊達くん！　比奈山くん！　こっちこっち！」

帆月が手招きをして僕らを呼んでいる。何か目当ての屋台を見つけたのだろう。比奈山に言われたせいか、帆月の笑顔が、とても悲しく見えてしまう。

「俺が合ってるとは思ってないからな」

比奈山は再び、念を押すように言うと、ゆっくりと立ち上がり、帆月の元へ歩いていった。

僕は、その後を付いて行くしかなかった。

祭りはまだ、終わっていない。屋台を見ながらはしゃいでいる帆月を見ていると、早く終わって欲しいとすら思ってしまった。

おみおくりふく

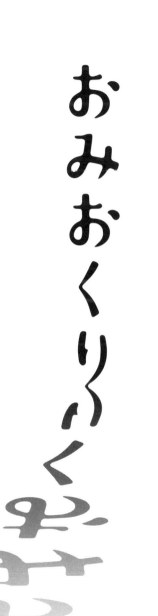

翌日になって、さらに少し変化が起きた。

比奈山の言ったことが気になってしまって、居ても立ってもいられず、いつもより少し早く公園に着いてしまったので、荒川土手にある93号鉄塔の様子を見に行ってみると、新しい93号鉄塔はもう完成していた。

「出来てる……」僕は思わず呟く。

V字吊りの料理長型紅白鉄塔で、かなり背が高い。左右六本の腕金以外に、腰の部分にも六つ小さな腕が、「小さく前へ倣え」時の先頭の子供みたいにちょこんと付いている。いずれは回線が追加されるのかも知れない。

古い93号鉄塔はまだ解体されておらず、しかし送電線を外された鉄塔はいかにも手持無沙汰で、仕事を取り上げられて余計に小さくなっているように見えた。

間もなくこの鉄塔は、まるで初めからそこに無かったかのように、跡形もなく消え去ってしまうだろう。

帆月の言う通りだ。自分の足でその場に行ってみなければ分からないことが確かにある。

この93号鉄塔が無くなること、そしてなくなる前の鉄塔の姿を見れたことに意味が有るのか無いのか、それはよく分からないけれど、とにかく僕はこの鉄塔の姿を見られてよかったと思った。きっと他の人からすれば他愛《たわい》のないことで、元々そんな鉄塔が立っていたことすら忘れられてしまうのだろうけれど。

すでに役割を終えた三角頭の小さな鉄塔を見上げると、その後ろには抜けるような青空が広がっている。

何だか哀しくなるうような、泣きたくなるような画だった。

もうこの鉄塔は、一般的には何の価値もないのだ。せめて、僕くらいは、この鉄塔のことをいつまでも覚えていないと——そんな思いに駆られ、デジタルカメラを構える。

「やあ、伊達くん」

デジカメ越しに鉄塔を見上げていると、不意に名を呼ばれた。カメラから視線を外してみると、僕のすぐ真横に青白い顔があった。

「うわ！」

思わず声を上げてしまったが、気を落ち着かせてよく見てみれば、そばに立っていたのは明比古だった。白皙《はくせき》と言えば聞こえはいいが、陰影の少ない白い肌は人間味がなく、やっぱりどうしたって、夏の空の下にちっとも似合わない。

「またこの鉄塔を撮影しに来たんだ」明比古は抑揚なく言った。

「うん、一応……記録としてね」

「これは、完成したんだよね？」

明比古は目を細め、新しい鉄塔を眩しそうに見上げている。

「そうだね、これで出来上がり。台風が来るより早かったね」

「人間はすごい」

明比古はしみじみと言う。僕も「本当だね」と頷いた。

街はどんどん変わっていく。人間が暮らしていく上で、より便利になるように。木島はそれを成長していると言ったけれど、この古くて小さな鉄塔を見てしまうと、まるで死んでいくように思えてしまうのは、僕の思考がネガティブだからなのだろうか。

でもこうして新しい鉄塔が生まれているのだから、悪いことばかりではないはずだ。

「伊達くんには色々教えて貰えて、助かったよ」

「別に、何もしてないけど」

「何かお礼をしなくちゃいけないね」

「いいよ、お礼なんて……」

「約束するよ」

地理歴史部で仕入れた知識や鉄塔についての予測を述べただけなのに、お礼なんていくら何でも言い過ぎだと思ったのだけれど、明比古は真顔で尋ねてくる。

もしかして家が金持ちなのだろうか。比奈山の住んでいる豪奢《ごうしゃ》な邸宅が頭に浮かぶ。

「明比古って、このあたりに住んでるの？」

ちょくちょくこの堤防内で会うのだから、おそらくこのあたりに家があるのだろう。あまり遠出が出来るような健康的な雰囲気でもない。

すると明比古は「ううん」と僅かに唸った後、

「まあ、このあたりと言えば、このあたりになるのかな」と小さく頷く。

「じゃあさ、あそこのマンションの向こうに小さなお社があるの知ってる？」

僕は土手の向こうにある、いつも僕らが集まっている公園のあたりを指差した。

「ああ、あるね」

「あのお社、何なのか知ってる？」

駄目もとで聞いてみた。すると意外にも「知っているよ」と返事がくる。

「え？　本当？　あれ、何の社なの？」

僕が再度尋ねると、明比古は何かを思い出そうとしているのか、目を閉じて再び「ううん」と唸った後に、

「あれはね、椚彦《くぬぎひこ》の社なんだ」と呟くように言った。

「くぬぎひこ？」

「これは聞いた話なんだけれど」と前置きをして、明比古は静かに話し始める。

「戦争が始まるよりもずっと前の話だよ。あの社のあたりには小さな集落があって、その集落とこの荒川との間には小さな森があったんだ。今では、もうほとんど残っていないけれどね」

「はぁ……」

あの社の周りに生えている小さな木が、その名残《なごり》だろうか。

「ある日、一晩中降り続いた大雨によって川が増水したんだ。荒川が氾濫するとこのあたり一帯に多量の水が流れ込むんだね。そして、そのままだと集落の人々が洪水に巻き込まれる危険性があったんだけど……、森にあった一本の椚が、まるで自らの意思でそうしたかのよ

うに倒れたんだ。椚の木は他の木々を巻きむように倒れて、村を護るみたいに自然の堤防を作った。それにより洪水の被害は最小限で食い止められ、集落の人々はほとんど無事だった……まあ、実際は水の力によってただ倒れただけなんだけれど、人々はそうは思わなかった。そして、その椚に感謝の意を込めて、あの小さな社を建てた。それが、椚彦の社なんだね」

「椚彦っていう名前は？」

「さあ、どうしてだろうね。椚の木だからじゃないかな。要するに、一本の木に人格……いや、神格を与えるための便宜《べんぎ》的な名前じゃないかな」

「……ううん」

鉄塔の子供があの社の主だとすると、あの子供は椚の木、椚彦ということになるのだろうか？

「あの社はお稲荷様じゃないの？　狐の像があるし、社も赤いし」

「稲荷は大衆的なものだからね。ただ何もないお社よりは、とりあえずお稲荷様にしておこう、という発想だったんじゃないかな」

「そんな適当な……」

「信仰の入り口なんて、案外そんなものだよ。大事なのはそこじゃないんだ」

明比古は苦笑いを浮かべる。

「あの子供――椚彦は、神様なんだ……」

僕がそう言うと、明比古は静かに頷いた。

「明比古、詳しいんだね。好きなの？　神様とか」

僕が聞くと彼は白い歯を見せて、

「好きとか嫌いとかじゃあないかな」

そう目を細めるのだった。

「伊達くんは、神様を信じているかい？」

不意に明比古が尋ねてくる。

「どうかなあ。前までは信じてなかったけど……」

比奈山の言葉をすべて信じているわけではない。比奈山も、自分が正しいとは思っていないと言っていた。昨夜一晩考えてみたけれど、僕なんかに出せる答えなんて一つもなかった。けれど、今は居て欲しいとさえ思っている。神様じゃなくてもいい。何でもいい。よく分からない何かが居て欲しいのだ。

「今は、居ると思うのかい？」

「そうだね。居て欲しいけど――でも本当に神様が居るんなら、世の中もっと良くなっているのかな」

「そんなに万能じゃないよ、神様は」

隣でふふ、と笑い声が漏れた。

明比古はきっと、神様を信じているのだろう。それはひょっとしたら、病弱そうな明比古の気質に関係しているのかも知れない。本人を目の前にして失礼な話だけれど、病室で日がな一日外の木を眺めている明比古の姿が目に浮かぶ。

神様は万能じゃない。それはつまり、本当に必要な時——重い病気や怪我をした時など——には役に立たないと言っているような気がして、ますます明比古が心配になってしまう。

「見て見て！　ちょっと！　うわ！」

ふと、遠くから叫び声が聞こえた。

何事かと堤防の方を見ると、土手の上、マンション越しに94号鉄塔を見上げながら、わあわあ叫んでいる帆月の姿がある。少し遅れるようにして比奈山が姿を現し、帆月の横に並んだ。

「あれ、帆月だ。どうしたんだろう」

「さあ」

僕らはぽかんと帆月を見ていた。

「何かあったのかな……行ってみよう。明比古も行く？」

「いや、ボクはいいよ」

明比古は遠慮がちにそう言って手を振った。帆月や比奈山が苦手なのかも知れない。

彼も一緒に鉄塔の子供を見れば、あるいは何かしらの希望が持てるのではないかと思ったのだけれど、よく考えれば僕も前は帆月や比奈山を積極的に避けていた節《ふし》があるのだから、強くは誘えなかった。

「それじゃあ、またね」

僕は明比古に手を振った。

「伊達くん、ありがとう」

明比古も小さく手を上げる。

僕は93号鉄塔を離れ、土手の上へと続く階段を駆け上がると、帆月たちの元へ向かう。

「あ、伊達くん！　見て！」

僕の接近に気が付いた帆月は、毟《むし》り取るように僕の手を掴む。

そうして急かされるように見上げた鉄塔の先には、着物姿の子供が座っていた。子供は兎のお面を後頭部に被っていて、相変わらず足をパタパタとさせている。やはり昨日お祭りで見かけた子供はこの子だったのか。

しかし、一番の変化は、その子供が荒川方面ではなく、反対側を向いて座っていたことだ。

「逆を向いてる……？」

「そう！　何で？」

帆月は鼻息荒く僕に尋ねてくる。

「いや……分からないよ」

94号鉄塔の頭頂部に座っている子供は、95号鉄塔よりもずっと先を見つめている。

「何が見えるんだろう……」

僕らは首を伸ばし、じっと目を凝らしてみたけれど、しかし青い空と白い雲以外には、高速道路の高架くらいしか窺うことが出来なかった。

「全然分からないね」

「うん……」

それでも帆月は遥か彼方の空を睨み付けていたが、あまりに長い間太陽に照らされていると、体によくないと諭すと、口惜しそうに口を尖らせながら公園へと戻って行く。ふと広場の方を振り返ってみたら、明比古の姿はすでになかった。

「昨日の今日だから、何かしらの関係はあると見るべきよね」

公園内の木陰で熱を冷ます。比奈山は水飲み場でがぶがぶと水を飲み、帆月は腕組みをしたままうろうろと歩き回っている。

「何かが運ばれてくるのよ。あの子はきっと見張りか何かなんだわ」

「何かって、何？」

「そんなの知らないわよ」

「運ばれるって、どこから？」

「分からないわよ」

どうしてか帆月は焦っていて、語気が荒かった。

「そう言えば、あの社について分かったことがあるんだけど」

僕が切り出すと帆月は「何？　はやく」と急かすのだった。

「明比古から聞いたんだけど——」僕は彼から聞いた椚彦の話を帆月と比奈山に聞かせる。

二人は難しい顔をしながら聞き入っていて、僕は聞いた通りに話しているにも拘《かかわ》らず、自分の話していることが間違っていないか不安になってしまう。

「その話が本当だとするなら……あの鉄塔の子供は椚彦、ということでいいのよね？」

帆月は腕組みをし、片方の手を顎に掛けながら言う。

比奈山は首を捻りながら眉を寄せている。

「私、調神社について調べてみたんだだけど」

帆月がポケットから小さなノートを取り出した。

「調神社は調《ちょう》の集積場だったみたい。鳥居が取り払われた理由も、調を運び込むのに邪魔だったからだと言われているらしいわ」

「ちょう？」

「租庸調《そようちょう》の調。字が同じだから、調神社の名前の由来なのかも知れないわね」

そようちょう、という語感だけは僅かに記憶にあった。比奈山は理解しているようで、ふむ、と小さく頷いている。

「あの社が椚彦のもので、稲荷は適当に付けられたものだとしても……やっぱり、あの社は稲荷として信仰されているのよね？　稲荷は穀物、農業の神とされているけれど、そのルーツを辿ると、絹織物に秀でていた秦氏《はたし》っていう人たちの氏神であったという説があるみたい。そして調神社は、租庸調の調を集めたとされる神社。調は諸国の産物のことで、絹や綿や海産物が主な貢物だから……ここに繋がりを見出すことも、出来なくはないわ」

「集積場……運び込む」

比奈山が呟いた。

「でも、租庸調なんて人間側の制度だからな。神にはちっとも関係がない」

「そうなのよね」

それからも帆月と比奈山は色々と討論を繰り返していたが、結局答えは出てこなかった。

鉄塔の子供が逆を向いた。社の主の名は椚彦だと分かった。

けれど、それだけだった。それで僕らに何が出来るわけでもなく、これから何が起こるのかも分からない。ただただじっと彼を見守る以外に、僕らにやれることなんてなさそうだ。


次の日は一日中激しい雨が降り続き、僕はぼんやりと家で過ごした。

もう間もなく夏休みも終わろうとしている。答えが出ず不完全燃焼で終わるのは何とも口惜しいけれど、僕らに分かることなんて限界があるよなあと思わないでもない。

○

洗い流したかのような快晴だった。

雨が降ったからか、心なしか蟬の鳴き声に元気がなくなってきているような気がする。雨が降ったら蟬はどこで羽を休めているのだろう。少し気になった。

公園へ向かうと、すでに帆月がやって来ていた。比奈山は塾らしい。昨日の雨なんて微塵も感じさせぬほど、公園の土も砂場の砂もからからに乾いている。

そして、蝉の鳴き声と同様に帆月の顔色も優れなかった。汗の量がいつにも増して多いし、健康的な肌もどことなく血色《けっしょく》が悪い。

「どうしたの」と尋ねてみると「昨日雨だったから、ちょっとマズかったかな」と返事がくる。

「……え？　昨日も来てたの？」

「当たり前じゃない」帆月は鉄塔を見上げたまま言う。

「何が起こるか分からないんだから。本当ならここで寝泊りしたいくらい」

冗談とも取れる発言だったけれど、この帆月が言うと本気度が高い気がする。

「でも……何も起きなかったんだね」

あの雨の中、ずっと帆月一人で鉄塔を見上げてたかと思うと、申しわけない気持ちになる。しかし、いくらなんでも執着しすぎだと思うのだけれど。

「それは結果よ。大事なのは過程」

帆月が言った。

僕は思わず彼女の顔を見てしまう。

「……なに？」帆月が眉を寄せた。この間から帆月はずっと機嫌が悪い。何かに追われ、焦っているようにも感じる。

「いや、帆月なら……大事なのは結果だけだって言いそうだから」

「そんなことないわよ」帆月はきっぱりと否定した。

「短い人生だもの。結果だけを残し続けるなんて不可能だわ。大事なのは、それまでに何をやろうとしたか……培ってきた過程よ。結果が伴わなくたって、それは絶対無駄じゃない」

帆月は「絶対、無駄なんかじゃない」と再び言って、口を結ぶ。

「培ってきた過程……」

僕は今まで、何を培ってきたんだろう。何か一つでも成し遂げたことがはたしてあっただろうか。過去を振り返ってみても、自慢げに口に出来るようなことはほとんど見当たらない。

「せっかくここまで分かったんだから、どうせならちゃんと最後まで理解したいじゃない」

「うん……」

それは僕だって同じ思いだ。世の中には不思議なことがあって、ひょっとすると僕らはその一端に手を触れているのかもしれない。いったいどういうことなのか、理解出来るならちゃんと知りたい。

でも実際に分かったことと言えば、鉄塔の上に子供がいること、お祭りで神社に変なやつらがたくさんいたこと、そして、お社の主が椚彦という名前だったことくらいだ。

これを「これだけ」と言えばいいのか「こんなにも」と評すればいいのか、僕には判断がつかない。

そう伝えると帆月は「きっと、いい所まで行ってるはずだわ」と小さく呟いた。

それから僕と帆月は木陰のベンチに座り、時々鉄塔を眺めに日向《ひなた》に出てはまた戻る、という行為を何度か繰り返した。

けれど、鉄塔の子供はぼんやりと前を向いて座ったままで、とくに変化はない。

「なによ、あの子。せっかく逆を向いたんだから、何か行動を起こしなさいよね」

帆月はさっきからわけの分からない文句をずっと言っている。

「そんなこと言ったって仕方ないんじゃ……」僕は宥《なだ》めようとしたが、逆に火に油を注いでしまったようだ。

帆月は「いや、言ってやる必要があるわ！」と立ち上がると、ずんずんと鉄塔の足元へ近づいて行き、両手を口元にあてがい叫んだ。

「椚彦！　ちゃんとしなさい！」

さすがに、暑さのせいでちょっとおかしくなっちゃったかな、と帆月が心配になってしまう。顔色も優れなかったし、あるいは熱があるのかも知れない。

「こら！　椚彦ッ！　無視するな！」

「まあまあ、帆月……とにかく落ち着いて……」

とりあえず帆月を木陰で休ませようと、彼女の手を引いた。その時、

「あっ！」

「え、何？」

帆月が声を上げる。

「こっち向いた！」と帆月が鉄塔の天辺を指差す。

「嘘でしょ？」

「本当だって。一瞬チラッと！」

帆月は僕の手を解《ほど》くと、こちらの手首をギュッと握り返し、再び空に向かって叫ぶ。

「こら！　椚彦！」

すると、鉄塔の子供は確かに一瞬だけ首を曲げ、チラッとこちらに視線を落とした。

「ほら！」

「……本当だ。何でだろう」

「何でも何もないわ。聞こえてたのよ。あんにゃろう」

あんにゃろう？

どうしてあの子供に敵愾心《てきがいしん》を燃やしているのか分からないけれど、帆月は怒り心頭に発すといった感じで、グイと袖をまくる仕草をして見せた。

「今までずっと無視してたのね。あったまきた！」

帆月がどんどん子供染みていく。僕はどうにか収めようと帆月の肩に手を伸ばしたが、反対にパシッと払われてしまう。

「見てなさい。大人を舐《な》めるとタダじゃ済まないってことを教えてあげるわ！」

そう言ったが早いか、帆月は鉄塔を囲むフェンスにガシャンと飛びつくと、フェンス上部にある有刺鉄線《ゆうしてっせん》を器用に避け、あっという間に乗り越えてしまった。

「ちょ、ちょっと帆月！」

慌てて止めに掛かるが、すでに遅く、帆月は鉄塔の骨組みを足場に、器用にぐいぐい登っていく。

「危ないから！　駄目だって！」

けれど、僕の制止になど耳を貸さず、帆月は鉄塔の腰あたりに備え付けられている整備用の梯子《はしご》に辿り着き、わしわしと登り始めた。

京北線94号鉄塔は、側にあるマンションよりも頭一つ高い、50メートルはある鉄塔だ。落ちれば当然怪我だけでは済まない。それに、電線にはしっかりと電流が流れている。触れれば感電する危険だってある。

僕が叫び声を上げてしまったせいか、何事かと近所から人が集まって来た。そしてみんな鉄塔をよじ登っている帆月の姿を見て小さな悲鳴を上げる。見れば、二人組の制服警官の姿もあった。付近を巡回中だったのか、タイミングが悪いことこの上ない。

「はやく降りなさい！」

「危ないから！」

「落ちたら怪我するよ！」

警官の声に混じって、近所のおばさんも叫んでいる。

しかし帆月は一向に気にする素振りを見せず、少しずつ鉄塔を登っていく。帆月が頭頂部へ近付いて行くのと比例して、僕の心臓はばくんばくんと大きく揺れる。足を滑らせて中空へと浮かび上がる彼女の姿を想像し、僕は大きな声で「帆月！」と叫んだ。

僕の声に真っ先に反応したのは、帆月ではなく二人の警官だった。

「君、あの子と知り合いかい」

二人の警官のうち、眼鏡を掛けた年配の警官が僕に尋ねてくる。

「どこの学校？」

もう一人の若い警官がぐいと詰め寄る。

しまった、と後悔する。鉄塔を登る行為がどれほどの罪に問われるかは分からないけれど、指導だけでは済まない可能性もあるかも知れない。

とにかく公園から離れようとしたが、それを察したのか、若い警官が僕の腕をがっしりと掴む。腕を掴んだ警官の手は力強く、僕の力では到底撥ね除けることは出来なさそうだ。年配の警官と若い警官との隙間に、鉄塔と帆月の姿があり、彼女と目が合った。帆月は鉄塔を三分の二ほど登った所で、一息吐くためか鉄骨に腰掛けている。僕と目が合った帆月は困ったように眉を寄せ、それから集まっている群衆を見回した。

「ねえ、アンタあの子と知り合いなの？　何とか言ってやりなさいよ」

年配の警官を押しのけるように、おばさんが僕に迫って来る。おばさんの髪の毛は鈍い金色に染まっていて、でもちらほらと黒い色が見え隠れして、枯れかけた向日葵《ひまわり》みたいだ。

「いや……別に」僕は誤魔化すために首を振る。

「君は中学生？　このあたりに住んでるの？」

若い警官が次々に質問を投げ掛けてくる。答えるわけにはいかないので、僕は口をつぐむしかない。

僕が身を固くしていると、警官と同じように僕を取り囲んでいたおばさんが「あっ」と大きな声を上げた。おばさんの声に反応し、僕も若い警官も鉄塔の方へ顔を向ける。

先ほどまで鉄塔を登っていたはずの帆月は、いつの間にか鉄塔から降りていて、鉄塔を囲むフェンスをよじ登っているところだった。

ひょい、と軽くフェンスから飛び降りると、帆月はずんずんとこちらに向かって歩き、「ごめんなさい」と警官たちに深く頭を下げた。

「大事なハンカチが風に飛ばされて、鉄塔に絡まっちゃって」

帆月はポケットから黄色いハンカチを取り出すと、大事そうに握り締める。

警官二人はしばらくあっけに取られていたが、

「とにかく、こっちに来なさい」

と、帆月を公園の外に連れ出した。去り際に帆月は一瞬こちらに目配せをし、困ったように笑っていた。そしてそのまま角を曲がり、三人とも見えなくなってしまう。

公園にいた野次馬は、帆月と警官がいなくなったので、波が引くようにそれぞれの家へと帰って行った。僕は一人、いつもの静けさが戻った公園のベンチに座り、ぼんやりと鉄塔の天辺を眺めていた。

やがて、日が傾き始めた頃、帆月が公園に戻って来た。

彼女は僕の隣、オレンジ色に染まるベンチに腰掛けると、ふう、と溜息を吐く。

「親と学校に連絡される一歩手前だったよ」

帆月は笑いながら言った。「おばあちゃんから貰った大切なハンカチなんです、って話したら、許してもらえた」

そう言った帆月の言葉が、僕の頭には少しも入って来なかった。傾いた太陽が僕の首筋を容赦なく照らし、噴き出した汗が際限なくシャツに染み込んで来る。

「どうせなら記念に登りきればよかったかな。でも伊達くんもピンチだったみたいだしね」

帆月が僕の視界の端で笑っている。

僕は帆月の言葉を片方の耳で聞きながら、もう片方の耳で、わんわんと鳴く蝉の声を聞いていた。今日は雲が出ていないせいか、耳の後ろがぴりぴりと焼けるように熱い。

「伊達くん、怒ってるの？」

そう言われて、僕は自分の感情に気が付いた。

そうだ。僕は怒っているのだ。

「あのさ」

僕はとにかく言葉をぶつけようと、精一杯彼女を睨む。

しかし、目の前の帆月が困ったように眉を寄せていて、それを見た途端、口から出ようとしていた怒りはふにゃふにゃと形を崩し、そのまま四散してしまう。

「……警察の人にしつこく言われただろうからあんまり言わないけど、鉄塔っていうのは本当に危険なんだ。送電線に近づけば感電する可能性だってあるし」

「うん」

「僕みたいな鉄塔好きだって、絶対に登らない。危ないし、マナー違反だから。僕はマナーを守らないのにファンだって公言してる奴が嫌いなんだ。ヤナハラミツルだって、僕は工事現場好きだとは認めてない。好きだからこそ、そういうことは守らなきゃ。だから帆月も、もう絶対に登らないで」

僕はそこまで言い切ると、一気に息を吐いた。呼吸が荒くなっていることが自分でもよく分かる。

「ごめんなさい」

帆月は呟くように言うと、小さく頭を下げた。

「と……とにかくさ、あんまり危ないことは、もうしない方がいいよ。あの、帆月は女の子だし、ほら、怪我とか、傷跡とか残っちゃうし……」

彼女は俯《うつむ》いたまま、両手を絡めたり、解いたりしている。今まで、幾度となく先生達に怒られても反抗してきた帆月の態度とは思えなかった。その態度があまりにも殊勝《しゅしょう》なので、僕はもう何を言えばいいのかまったく分からなくなってしまう。

「……どうして帆月は、そんなに危ないことばかりするの？」

自転車で空を飛ぼうとしてみたり、鉄塔に登ろうとしてみたり、およそ普通の女子中学生がやるようなことじゃない。生き急いでいると言うか、死にたがっていると言うか、危うい信念を感じずにはいられない。

正直、怖いのだ。

「何か、その、焦ってるみたいだ」

僕の言葉に、しばらく口をつぐんでいた帆月だったが、膝に置いた拳をキュッと握ると、

「私には時間がないの」と静かに言った。

「え？　時間がないって……まさか、不治の病とか――」

「そんなわけないでしょ」帆月はほんの一瞬だけ薄《うっす》らと笑い、再び真剣な表情に戻る。

「私ね、夏休みが終わったら引っ越しするんだ」

「え？」

心臓が、どく、と動いた。

「言ってなかったっけ」

「……言ってなかった」

「じゃあ、今言った。今月でさようなら」

それがあまりにもそっけない言い方なので、僕は金魚みたいに口をパクパクさせるだけで、何も言えなくなってしまった。

「うち、離婚するんだ。二度目の離婚。お父さんが転勤するから、私はそれに付いて行く感じ」

離婚――よく聞く言葉なのだけれど、ちっとも現実感がないのは、僕が平穏な家庭で育っているからなのだろうか。

「それでね、本当のお母さんに会いに行ったの。小学校の中学年頃に別れちゃったから、もう大分会ってなかったんだけど……ここを離れると、会えなくなっちゃうと思ったから」

「うん」

「住所は分かってたから、連絡もせずに会いに行ったの。それが、駄目だったんだろうな」

「駄目だった……？」

帆月は何故か、まるで楽しいことがあったかのように微笑《ほほえ》んでいる。

「お母さん、私の顔忘れてた」

「え？」

「家に行く途中の道で、お母さんを見掛けたから、〝お母さん〟って声掛けたの。一度じゃ振り向いてくれなくてね、だから三回、声掛けた。ようやく振り向いたお母さん、私を見て、誰？　って顔してた。三秒くらいで思い出したみたいだけど」

「そう、なんだ」

「あり得ないと思わない？　今の母親ならまだしも、産みの親が娘の顔を忘れちゃうって！」

「う、うん」

僕は頷くことしか出来ない。

「大分会ってなかったから、しょうがないのかも知れないけどね。あっちはあっちで、子供もいたし、幸せそうだったから……」

帆月はもう、笑ってはいなかった。

「でも、その時思ったんだ。この人の中に私はもういないんだなって。私なしの世界で生きているんだって。今は三秒だけど、これが五秒になって、十秒になって、そのうち……思い出さなくなって……」

彼女は目を閉じた。それから、一つ小さく息を吐く。

「忘れられたら、死んじゃうのと一緒なんだって思ったら、なんか、焦っちゃって」

忘れられたら死ぬ——それは地理歴史部のテーマだ。街の話だ。まさかそれが、帆月の感情を揺さぶっていただなんて、そんなこと思いもしなかった。

「私、このままじゃ色んな人に忘れられて、色んな人の中で死んじゃうんだって思ったの。だから……」

帆月はそこで一度、言葉を切った。

「………だから、どうしても夏休み中に答えが欲しいの。あれが何なのか、知りたいの」

帆月はまた、しばらく無言になった。僕もまた頭の中の整理が付いていかず、言葉が上手く紡げなかった。何も言えず、ただ蟬がか細く「ジジ」と鳴く音を聞くより他にない。

「夏休み、終わって欲しくないなぁ」

帆月はぽそりと呟き、唇を嚙《か》んだ。微《かす》かにその声が震えている。

僕も同じように夏休みが終わって欲しくないと思っていたけれど、多分内容は全然違う。

帆月にとって夏休みの終わりは、引っ越しだ。

母親にさえ忘れられるということが、どういうものなのか。誰かに忘れられてしまうということが、どれほど怖いものなのか、僕には具体的な実感が持てなかった。そんなこと、一度だって考えたことはなかった。

だから、僕は帆月の顔を見ることが出来なかった。顔を見ていいのか、見てはいけないのかが分からなかった。慰めるべきなのか、笑って流すべきなのか……こんな時にどうすればいいのか、それさえも分からない。比奈山ならどうするだろう。木島だったら何と言うだろう。

僕は——本当に、何の役にも立たない。

「つまんない話《はなし》しちゃった。幻滅した？」

僕は大きく首を振った。幻滅したのは、何も出来ない自分にだった。

「私、つまんない女でしょ」

「……」

そんなこと思ってなんかいない。けれど、やっぱりうまく言葉に出せなかった。

「私も嫌。こんなことで悩んでる自分が嫌い。私って、もっと格好いい人間のはずなのに」

帆月はベンチに足を乗せ、膝を抱えるように小さくなっている。

僕は帆月のつま先あたりを見つめながら、とりあえず帆月の頭でも撫でてみようかと手を伸ばし、しかし怒られるかもしれないと元に戻すという動作を繰り返していた。

「ちょっと、今日はもう帰るね。やっぱり具合が悪いみたい」

帆月はそう言うと、スッと立ち上がる。

「あ、うん。その……お大事に」

僕はベンチに座ったまま、帆月が公園の外へと歩いていく姿を見送った。

僕は――。

○

翌日になって、僕はたっぷりと麦茶が入った水筒と水羊羹《みずようかん》を三つ持って公園に向かった。カップに入った水羊羹は、お中元として家に届いていたものをこっそり持ってきた。昨日の詫《わ》びのつもりと、帆月は具合が悪かったようだし、お見舞いも兼ねている。

昼過ぎに公園に着いたのだけれど、そこには誰もいなかった。僕は木陰のベンチに座り、麦茶を飲み飲み二人を待つ。

しばらく待ってはみたものの、しかし、一向に二人はやってこない。近所なのだろうか、時折小さな子供たちが公園内に入ってきたが、少し遊ぶとどこかに行ってしまう。

僕はぼんやりとその様子を眺めながら、水筒の中身を消費していった。

帆月は具合が悪いのだろうか。比奈山は、また塾なのだろう。

仕方ない、今日は帰ろうかと腰を上げてはみたが、ひょっとしたらもうすぐ来るんじゃないか、僕が帰った直後にやって来たりするんじゃないか、という期待とか想像とかが、僕を公園へ留まらせた。

昨日、怒り過ぎてしまっただろうか。だから彼女は来ないのだろうか。

神妙な顔で僕の小言を聞いていた彼女の姿を思い出す。

あの帆月が頭を下げるだなんて、やっぱり僕は言い過ぎたのかも知れない。もっと気さくに言えばよかったのに、どうしてああも棘《とげ》のある嫌味な物言いになってしまったのか。

それに、帆月はあんなにも悩んでいたのだ。もっと優しい言葉を掛けてあげるべきだったのだ。

汗が首筋をたどり、じっとりと背中を濡《ぬ》らす。

持ってきたタオルでいくら拭いても、嫌な気分は拭えなかった。

麦茶はついになくなってしまった。仕方なく近くの自動販売機でコーラを買って、水筒に注ぐ。溶けかけた少量の氷が、カランと鳴る。


やがて、日が傾きかけてきた頃、帆月はやって来た。

「あ、伊達くん」

小さく片手を上げて、帆月が園内に入ってくる。

額からは少し汗が滴っていたけれど、顔色は昨日よりも優れているように見える。

「ごめんね。結構待たせちゃった？　引っ越しの準備で手間取っちゃって」

帆月はそう言って、僕の隣に腰掛けると、小さく笑った。昨日の一件はすべてリセットされたかのような、明るい笑顔だった。

「ああ、いや……うん」

言いたいことは色々とあるはずなのに、僕は気の抜けた返事をしてしまう。

「引っ越しって、やっぱり大変？」

「うーん……やっぱり荷物の整理とかが面倒。いる物といらない物を分けたりね。子供の頃から引っ越し続きだから、さすがに慣れたかと思ってたけど、そうでもないね」

「そうなんだ」

「でも、あらかたダンボールに詰め込んだらさ、なんかスッキリしちゃった」

「スッキリ？」

「うん、スッキリ」

「それって……」

僕は鉄塔の天辺を見上げようとしたけれど、木の枝が邪魔になってここからでは見えなかった。帆月も、僕が何を言わんとしているか分かったようで、同じように鉄塔の頭頂部あたりに目を向ける。

「仕方ないわよ。時間も無いし……世の中、分からないことはたくさんあるんだしね。どうして比奈山くんは幽霊が見えるんだ、とか、どうして私はあの子が見えるんだ、とか……どうして伊達くんは何も見えないの？　とか」

帆月の口調は軽かった。

「でもさ、よくやった方だと思わない？　あの子供の名前も分かったし、神社で変な体験もしたし……すごい思い出になったでしょ？」

「まあ、確かにね」

「だから、いつまでもひきずってないで、次に進まなきゃ」

帆月がうんと伸びをした。

次というのは、引っ越し先での新たな生活のことだろうか。

「あ、そうそう。伊達くん、これ、あげる」

そう言って彼女は小さな何かを取り出すと、僕の胸元にポンと投げてよこした。

「これ……鍵？」

「そう。あの自転車の鍵」

「……どうして？」

「あとは伊達くんに引き継いで貰おうと思って」

「いや、だって、もうほとんど完成だってこの前……」

「うん、おかげさまでね。伊達くん唯一の妙案、ふかふかサドルも取り付けたし」

「それは、どうだっていいんだけど」

まだ夏休みは残されている。あの自転車が空を飛ぶか、テストする時間はあるはずだ――

そう言おうとしたのだけれど、帆月の顔を見た途端、僕は何も言えなくなってしまった。

帆月は、悔しそうでも、嬉しそうでもない。ただ、自転車のことは何も考えたくない――

そんな顔に見えた。

もし、次飛ばなかったら？

改良をしている時間は、彼女には無いのだ。

もちろん、自転車を持って引っ越しすれば、彼女はきっといつか、自転車を完成させるだろう。

けれど、そこに僕と比奈山はいない。

それは——なんだか嫌だった。多分、帆月もそう思ったのだろう。

自転車の鍵には、水色地に白色の水玉模様が入った布製の小さなストラップが付いていて、僕はそれを手の中で弄《もてあそ》んだ。

「そう言えば、伊達くんって何の部活に入ってるんだっけ？」

もうこの話はおしまいとばかりに、突然、話題がそれた。

「地理歴史部だよ」

「え？　そんな部あった？」

「あったよ。あるよ。確かに、弱小文化部だけどさ……」

「へぇー、知らなかった。どんなことやってるの？」

彼女に問われ、僕は地理歴史部の活動内容について滔々《とうとう》と語った。とは言え、別段面白みのある内容ではなかったのだけれど、帆月はうんうんと楽しそうに聞いてくれるものだから、部長の木島の話や夏休みの課題の話など、思いつく限りのことを喋った。

「地味な部活かと思ってたけど、結構楽しそうだね」

「うん、結構楽しいよ。地味だけどね」

「あー、笑ってたら喉渇いちゃった」

そう言いながら、帆月はこちらに手を差し出す。

「麦茶じゃないんだけど」

僕は水筒を彼女に手渡しながら、リュックの中身を漁《あさ》る。

「そうだ。これ、食べる？」

「水羊羹？　いいねぇ」

「比奈山の分もと思って三つ持ってきたんだけど……二つ食べる？」

僕は水羊羹の容器を二つ、彼女の手の上に置いた。

「そんなに食いしん坊じゃないよ、私」

「そう言いながらも、受け取ってるじゃないか」

「え？　いや、これはね……あ、そうだ」

帆月は立ち上がると、公園の外へ歩いていく。

どこへ向かうのかと尋ねると、「こっちこっち」と手招きをする。

彼女の後に付いて向かった先は、公園の側にある椚彦の社だった。

帆月は赤く塗られた社の前、二匹の狐の間に水羊羹を置く。

「お供え？」

「うん。スプーンある？」

僕は持ってきたプラスチックのスプーンを二本、帆月に渡した。その一本を供えた羊羹の上に乗せ、それから自分の水羊羹の蓋を開封する。

「ここで食べるの？」

「見せ付けてやるのよ」

帆月は悪戯《いたずら》っ子《こ》っぽく微笑むと、スプーンで一口、水羊羹を頬張った。

「ちょっと温《ぬる》いね」

けれど、美味しそうに水羊羹を口に運ぶ彼女を見ながら、僕も蓋を剥《は》がし、それから口に放り込む。

確かに羊羹は温かった。何かしら保冷する手立てを取っておくべきだったと後悔する。

「水羊羹って夏のイメージがあるけど、冬に食べるところもあるんだって。元はお節料理だったらしいから、冬のお菓子だったのかな？」

帆月はそんな豆情報を話しながら、ひょいひょいと水羊羹を口に運んでいく。その問いに答えることも出来ないので、僕はふんふんと頷くしかない。

「お節料理と言えばさ――」

今度はまた別の雑学を口にしようとした彼女が、そこで不意に言葉を止めた。

彼女は口を大きく開けたまま、スプーンを水羊羹の容器に置くと、視線を一点に集中しながら、片方の手で探るように僕の手を掴んだ。急に手を握られビックリしてしまい、あやうく水羊羹を落っことしそうになる。

「ち、ちょっと、何」

ドキドキしながらも、文句を言おうと帆月を睨んだその時――、
僕と、彼女の目の前に、小さな影が現れた。

鉄塔の子供が、僕らのすぐ近くに立っていたのだ。

その子は、帆月が供えた水羊羹を手に持ち、興味津々とばかりにそれを見つめている。真ん丸の大きな瞳と、ちょこんと生えた眉、小さくすぼんだ唇は確かに子供らしさがあるのだけれど、彼がこの世ならざる存在だと知っているからか、真っ白な肌からはほとんど生気が感じられない。

僕らは一言も声を発せなかった。臆病な動物を見つけた時のように、ただ静かにその動向を見守っていた。

その子供は僕らの方をチラと見ると、水羊羹の容器をくるくるとひっくり返し、やがてゆっくりと蓋を開けた。それから、不器用に持ったスプーンで羊羹を掬うと、一口、頬張る。

美味しいのか美味しくないのか、彼は無表情のまま黙々と水羊羹を食べ続けた。

「……椚彦？」帆月が呟くように言った。

鉄塔の子供――椚彦は水羊羹を食べながら、こくんと頷く。

帆月はゴクリと唾を飲み、それから意を決したように「ねえ！」と口を開く。

「椚彦は何なの？　神様なの？　何をしてるの？」

帆月が物すごい早口で質問をぶつけた。しかし、椚彦はそれらに一切答えず、代わりにスッと彼女の眼前に手を差し出す。

帆月は水羊羹の容器を地面に置くと、吸い込まれるようにその手を握った。僕も彼女に倣い、慌てて水羊羹を地面に置く。そして、椚彦が帆月の手を引き、僕は帆月に手を引かれ、背の低い鳥居を潜った。

鳥居を潜り抜けた途端、パッと視界が開ける。

「えっ？」

僕らの目の前にあったのは、茶色のマンションの屋上と、その向こうにある広大な荒川の土手――。

鳥居を潜り抜けた先は、京北線94号鉄塔の天辺だった。

「うわっ！」

僕はつんのめるような形で帆月の背中にぶつかってしまい、バランスを崩しそうになり、慌てて彼女の背中に抱きつく。帆月もまた背中越しに僕の体を摑み、片手同士を握ったまま、お互い支え合うようにして体勢を保った。94号鉄塔の頭頂部は水平であり、幅も三メートルはあるので、慎重に動けば三人乗れるスペースは充分にあるのだけれど、いきなり瞬間移動したかのような現象に僕の意識が付いていかない。

それでもどうにか体勢を落ち着かせ、僕と帆月は静かに首を動かしてあたりを見回した。

夕日に照らされてオレンジ色に染まる空と雲、その下には小さな街並みが広がっている。

僕の足元には、鉄塔の頭頂部と、いつも僕らが集まっている公園がある。

鳥居を潜ったのに、どうして鉄塔の天辺にいるのか——そんな疑問よりも、高さからくる恐怖の方が勝り、僕はただ帆月にしがみ付くように立っていた。

椚彦は怖さなど微塵も感じていないようで、とことこと鉄骨を歩き、頭頂部の一番端にちょこんと座った。帆月と僕は足をゆっくりと動かして体を反転させ、椚彦に倣《なら》って頭頂部に腰を下ろす。

公園側から僕、帆月、椚彦の順番で鉄塔の天辺に座っている。腰を落ち着けると、少しだけ余裕が出てくる。目の前に95号鉄塔があり、そこから送電線がずっと直線に繋がっている様は圧巻だった。

「すごいね」と帆月が溜息を吐く。僕は「うん」と頷いた。地上約五十メートルの高さから眺める街の夕暮れは確かに綺麗で、この角度から眺める鉄塔群も格別だった。台風はもうまもなく僕らの街へと到達するはずだけれど、ばら撒かれたような雲がそこかしこに浮かんでいて、本日も快晴だ。

これは夢なのか、現実なのか。まったく判然としない状況で、ただただ幻想的な景色だけが目の前にある。

「鉄塔に登ったら駄目って、昨日言われたばかりなのに」

帆月はくすくすと笑った。僕も「本当だ」と苦笑いを浮かべてしまう。

僕らの真下には154キロボルトの送電線が前後に伸びていて、連なる碍子連からはジジジと放電する音が聞こえ、はたしてここに座っていて大丈夫なのかと不安が過《よぎ》る。

鉄塔のそばをバイクが走り、荒川土手を老人が散歩し、マンションのベランダでは主婦が洗濯物を干しているけれど、鉄塔なんて誰もちゃんと見ることがないのか、そもそも僕らの姿が見えていないのか、こちらの存在に気が付く人はいないようだった。

「ねえ、梛彦。あなたは何を見てるの？」帆月が梛彦に尋ねる。

梛彦はそれでも黙って水羊羹を頬張っていた。話は聞けど、答える気はないのか――と思っていると、梛彦がスッと前方を指差す。

帆月が合わせて前を向いた。僕もその指の先に目を向ける。

「伊達くん、あれ――」帆月が呟く。

遠くに見える、紅白に塗られた京北線１０２号鉄塔のさらに向こう側に、小さな黒い点がぽつんと見えた。

「あれ……何だろう？」

帆月はおでこに手をかざし、目を凝らしている。

黒い点は少しずつこちらに近付いているようだ。送電線の上を渡るようにして、ゆっくりとこちらに近付いて来る。

やがて、96号鉄塔と95号鉄塔との間、高速道路の高架を越えるあたりで、ようやくその黒い点の輪郭がはっきりと見えた。

「人だ」

帆月が呟く。

確かに、それは人だった。

送電線の上を、一人の人間が歩いている。

紺色の浴衣。安っぽい兎のお面。

「あれ、この間見た――」

帆月が問う。僕は頷き返す。

確かに、つきのみやにいたお面の男と同じ格好だ。

送電線を歩いてくるお面の男はゆったりと懐手《ふところで》をしていて、その辺の砂利道でも散歩しているかのようだった。そして男の後ろには、大きな黒い塊が付き従うように付いて来ている。

「あれ……雲?」

帆月が首を捻る。確かに、禍々《まがまが》しい天気の雲にも見えるけれど、それにしてはずいぶんと低い位置を漂っている。送電線の上を舐めるように漂う雲なんて、あるだろうか。

「台風、じゃないよね」

黒い塊は102号鉄塔の頭に差し掛かると、鉄塔の頭を飲み込み、送電線の弛《たる》みに沿って僅かに浮き沈みしながら、さらにこちらへと向かって来る。

それらが近付くにつれ、黒い塊が何であるのか、だんだんとハッキリしてきた。

まず初めに、冷蔵庫が目に入った。萌黄《もえぎ》色をした古ぼけた冷蔵庫だ。その後ろには赤茶けた郵便ポストがあり、さらに後ろにはこげ茶《ちゃ》色をした大きな箪笥《たんす》が追従している。

それは列だった。

様々な物の列だ。

車や自転車、何本もの電柱や電話ボックス、古ぼけた人形やおもちゃといった様々な物が、まるで行進するかのように列を成している。歩けるような構造ではないはずだけれど、一歩、一歩、すべての物が同じ歩調で進んで来る。その列を先導するように、兎のお面を付けた男が歩いているのだ。お面の男も様々な物たちも、鉄塔の頭頂部を越える瞬間にぴょんと飛び上がり、一旦頭頂部に着地すると、再び次の送電線に柔らかに着地し、延々とこちらに向かって歩を進める。

「パレード……?」

帆月が呟いた。

僕には、それが葬列に感じられた。

列は三十メートルほど続いていて、腰のあたりが少し折れている道路標識が列の最後尾だった。

最後尾から少し距離を取るようにして、再び違う列がこちらに向かってやって来ている。先頭にはやはり、お面を付けた浴衣姿の男が歩いていた。そのずっと後方にも列が続いていて、いくつもの列が京北線の流れを歩いているようだった。

「電線の上を伝ってる?」

「電線が、道みたいになってるんだ」

お面の男の足元、右の電線と左の電線の間がぼんやりと光っていて、まるで電線の間に薄い板が乗っているようだ。塊はその上を通って来ているらしい。その光の板は、お面の男が歩を進めるよりも少し速く幅を伸ばし、お面の男や、その後方の列のために道を作っているようだった。

やがて、お面の男が95号鉄塔に辿り着く。僕はあの神社で彼らに追いかけられたことを思い出し、いったいどうなるのだろうと緊張した。それは帆月も同じようで、僕の手を握るその指に力が入る。

僕らは見下ろすような形でお面の男と対峙《たいじ》した。

男は、帆月と僕にチラと顔を向けた後、椚彦に視線を送る。椚彦は男の視線など意に介さずといった体で、夢中で水羊羹を食べている。男もまた、言葉を発さずにしばらく椚彦に視線を向けていたけれど、何かを諦めたように後方を振り返った。

お面の隙間や首元から見える肌は夕日に照らされてもなお真っ白で、椚彦と同様に生気をまったく感じさせない。その身体も細く、まるで幽霊でも見ているようだった。

再びこちらを向いた男が、パン、と手を叩く。

椚彦はその音でようやく、お面の男と向き合った。

男は左手をゆっくりと前方から左方向へ動かし、それに倣うように椚彦は体を動かした。

そして次に、男は右手をゆっくりと動かす。

「どけ、っていうことかな?」

「……そうかも」

帆月がグイとこちらに身を寄せてくるので、僕は鉄塔の端ぎりぎりまで体を動かす。

それから、男がふわりと飛び上がった。

帆月と椚彦の間、頭頂部の隙間に片足を着け、さらに反対側の送電線へと飛び降りていった。そしてそのまま、93号鉄塔の方へゆっくりと歩いていく。

「ねえ！　これから何が起こるの？　あなたたちは何？」

慌てるように帆月が男に問う。

しかし聞こえていないのか、男は振り返りもせず、歩みを止めることもなかった。

「伊達くん、行こう」帆月が立ち上がった。

「い、行こうって……送電線には電流が」

しかし帆月は僕の制止を聞かず、手を引いたまま頭頂部側面の鉄骨に足を掛けると、慎重に送電線へ降りていく。

「もし落っこちそうになったら支えてね」

帆月は念を押した。僕はとにかく大きく頷き、自分の手に力を入れる。

彼女はそれでも少しのためらいを見せたが、やがて意を決するように足を下げると、送電線の間、光る道にその足を着けた。そのまま落下するでもなく、跳ね上がるでもなく、帆月の体はしっかりと空中に立っている。

「行けそう」

送電線の間にぼんやりと浮かぶ道の上に両足を乗せ、帆月は僕を引っ張る。

僕は及び腰になりながらもよろよろと鉄塔を降り、送電線の間に出来た道にそっと足を着けた。足場は予想以上に固く、両足を付けても問題なさそうだ。

「大丈夫……そうだね。よし、行こう」

帆月は僕の手を引き、送電線の間を早足で歩き出す。

足元を見ると、公園にやって来る比奈山の姿があった。比奈山は公園の入り口にある僕らの自転車を見て、園内をしきりに見渡している。

「比奈山だ。比奈山！」

「本当だ。比奈山くん！」

僕と帆月は声を張り上げたけれど、どうやら比奈山には届かないようだ。

よく見れば比奈山の髪の毛は強い風に煽られていて、周りにある木々も枝を擦り合わせてざわめいている。

台風がそこまで近付いているのだ。けれど、送電線は少しも揺れることはなく、僕自身もまったく風を感じなかった。

「聞こえないみたい」

帆月はその後も何度か叫んだけれど、比奈山は気付くことなくベンチに腰掛けて腕組みをしている。

「とにかく、行こう。比奈山くんには後で説明すればいいよ」

見れば、お面の男は大分先に進んでいて、背の高い93号鉄塔に差し掛かっていた。

帆月が僕の手を引っぱる。後ろからは94号鉄塔に迫る大きな冷蔵庫の姿があった。その背後には古ぼけたビルや家などの姿もある。送電線の上を歩けるような大きさではないはずだけれど、しかし確かにそれらは送電線の上にあり、静々とこちらに向かって来ていた。

僕は帆月に従って、兎のお面の男を追った。

なんだか、不思議の国のアリスみたいだ。現実感が失われて、どこか浮き足立っている気がする。


93号鉄塔へ向かう道は、ゆるやかな上り坂だったけれど、距離が二百五十メートルくらい離れている。僕は帆月に牽引《けんいん》され、ひいひいと息を切らせながら坂を駆け登る。眼下には古い三角帽子の鉄塔が夕暮れの中ぽつんと立っていて、長く細い影を伸ばしていた。

ようやく坂を登りきり、真新しい93号鉄塔の頭頂部を、帆月の手を借りながら乗り越え、やっとのことでお面の男に追いついた。

振り返ると、物の列は次々に94号鉄塔を越え始めている。椚彦が座る頭頂部をぴょんと飛び越し、何事もなかったかのように歩き出す。

「これから何が起こるの？」

帆月は軽く息を切らせながら男に尋ねる。

男は歩を進めながらチラと僕らを一瞥《いちべつ》し、再び前を向いた。

「あの、後から歩いて来るのは何なの？」

帆月が矢継ぎ早に質問を投げ掛ける。

お面の男は一言も発しなかったけれど、ふと立ち止まり、振り返ると、僕らの後方からやって来る物たちを指差し、それから、その指先を前方を流れている川へ向けた。そしてその白い手で、ゆっくりと川下の方を指し示す。

「川に向かってるの……？」

帆月が問う。男は答えず、再び歩き出した。

「川に流すって、言ってたよね……」

「え？」

「調神社で、お面の人たちが言ってた。川を流し、海に返すって」

「そう言われれば……」

そうだったかも知れない。僕はあまりにも慌てていたから、ほとんど覚えていなかった。

「すべて忘れる……記憶……」

帆月は後ろを振り返った。

物の列は94号鉄塔を乗り越え、93号鉄塔へ向かう送電線をゆっくりと歩いてくる。

「あれは、記憶なの？　物の記憶？」

帆月が小さな声でそう呟いた。

「え？　どういう意味？」

「古くなった物には魂が宿るって、比奈山くんも言ってたでしょ」

「付喪神のこと?」

「うん。あれがそうかは分からないけど……」

僕も帆月と同様に後ろを振り返る。

確かに、列の中にある物は、どれもこれも年季を感じさせる古い物ばかりだ。

あのすべてに、魂が宿っているということなのだろうか。

「伊達くん、行こう」

帆月はそう言って僕の手を引き、僕らは再びお面の男の後を追った。

鉄塔を越えていくと、眼前に夕日を映す荒川の流れが見えてきた。

荒川は川下に向けて緩やかな左カーブを描いている。右岸には野球のグラウンド、左岸には打ちっぱなしのゴルフ練習場があるが、台風がやってきているからか、どちらにも人の姿はない。グラウンドの向こうには、この間訪れたリバーサイド荒川の姿も窺える。川向こうにある88号鉄塔は、右岸土手のさらに奥側に立っていて、送電線がゆったりと川の上に渡されている。89号鉄塔から88号鉄塔までの距離はおよそ四百メートルほどだから、その間を流れる荒川の幅はだいたい百メートルくらいだろう。

そして、その対岸の88号鉄塔からも、僕らの前にいる男とはまた別の男を先頭に、たくさんの物が荒川を目指して歩いていた。88号鉄塔のさらに奥、京北線84号鉄塔と直角に交差している志木《しき》線の電線にも、同じようにして様々な物が列を成しているようだった。

「荒川に向かって来てるんだ」

僕の言葉を受け、帆月が頷く。

そこで、男はくるりと反転し、僕らに掌を向けた。そうして、89号鉄塔の頭頂部を指差す。

「ここに座っていろってこと？」

帆月の問いに、男はゆっくりと頷き、再び送電線を歩き始めた。

僕らはそれに従い、89号鉄塔の頭頂部に腰を下ろす。

お面の男はそのまま川の真上まで歩いて行くと、対面からやって来た似たような恰好をした男と向き合った。

僕らの後ろには列が迫っている。古い型の冷蔵庫が鉄塔に差し掛かると、固そうな体をくにゃりと曲げて、ぴょんと頭頂部を飛び越えた。そして音もなく前方の送電線に降り立ち、再び粛々《しゅくしゅく》と歩き出して行く。錆《さ》びついた郵便ポストがそれに続き、茶箪笥や看板、薬屋の前によく置かれていた蛙《かえる》の人形など、次々に僕らの真上を飛び越えていく。やや簡略化されて小さくなったように思える家々やビルが次々と飛び上がる様《さま》に、僕も帆月も言葉を失った。

そうして彼らは川の真上まで辿り着くと、何のためらいもなく送電線を離れ、川中へと飛び込んでいく。やがてプカリと浮かび上がった冷蔵庫や道路標識、ブラウン管といった物たちは、川下へ向かってゆっくりと進み出した。

夕日に染まった荒川の真ん中を、一列になって進んでいく。上流からもたくさんの物が列を成して流れていて、ゆっくりと荒川を行進している。兎のお面を付けた男は、列を川の真上まで先導すると、一番下の送電線までふわりと降りて、再び前の鉄塔へと戻って行った。

神秘的な光景だった。

次々に荒川の水中へと飛び込んでいく物たちは、僕らの暮らしている世界ではすでに古い物、汚い物と思われがちであるにもかかわらず、僕は彼らが美しいと思った。潔ささえ感じさせる彼らの姿に、畏敬の念を感じずにはいられない。

「私、何となく分かっちゃった」

帆月が小さな声で言った。

「みんな、忘れられるために歩いてるの」

「忘れられるって、どういうこと?」

彼女の顔は逆光で影になってしまい、その表情が窺えない。

帆月は続けた。

「記憶は、一杯になると、古い物、大事じゃない物は忘れていかなきゃいけないでしょ? そうしないと、頭の中が溢れちゃうから」

「それは……」

確かに、そういうものかも知れない。僕らはただ生きているだけで、常に新しい物が頭の中に入ってくるわけだけれど、同時に、いらない物をどこかに捨てていっているのかも知れない。

「あれは……もういらないって判断された物たちなんだ」

「もう、いらない？」

「うん。神様なのか、人間なのか、誰が決めたのかは分からないけど……覚えておく必要はないって判断された物たちなんだよ。それをこうして川に流して、海に返して、忘れさせるってことなんじゃないかな」

僕は再び、次々と川へ飛び込んでいく物たちに目を向けた。

帆月の言葉が正しければ――彼らは忘れられる。もう、誰も彼らを必要とはしていない。

彼女の言っていることは正しい気がした。

そして、彼らにもそれが分かっている――ような気がしてしまう。自分たちが忘れられていくことを良しとしているのか、それとも本当は嫌なのか、それは僕には分からない。そもそも物に感情なんて無い――そんなことは分かっているはずなのに、僕は彼らの思いを探らずにはいられなかった。

「すごいね」

隣に座る帆月が小さく呟いた。心なしかその声が震えているような気がして、僕は思わず彼女の顔を見る。

夕日に染まる帆月の頬に、一筋、涙が流れている。

しかし、悲しむというよりは、どこか笑っているような、不思議な表情だった。

綺麗だな――と、僕は思った。心臓の鼓動が少し早く脈打ち始める。

「私ね」と帆月は言った。

「私ね、忘れられたくないと思ってた。でもみんな、私のことを忘れちゃう。私はそれが……嫌だったの」

帆月はもう笑っていなかった。眉を寄せ、時折口をキュッと閉じ、今にも崩れ出しそうな、溢れ出てしまいそうなものを、グッと堪えている。

「……でもね、あの人たちのことを見てたら、やっぱりそれは仕方ないんだなって思えちゃった。忘れるものなんだね。忘れられるのが、普通なんだね」

彼女が頬を拭う。そして、無理やり笑みを作ってみせるのだった。

帆月はさっき、スッキリしたと言っていた。でも、ちっともスッキリなんてしていなかったんだ。もうずっと前から、ぐちゃぐちゃになっていたんだ。

帆月が様々な部活を転々としていたのは、多くの人に出会って、少しでも自分のことを覚えて貰おうとしたからなのか。彼女の破天荒な行動も、もしかしたら、誰かの記憶に残るようにと思ったからなのだろうか。

――いや、多分、答えは一つだけなんかじゃない。色々な思いが重なり合って、絡み合って、それが帆月という人間を形成しているんだ。

当たり前のことなのに。僕は帆月が思い悩んでいるなんて、この間まで考えもしていなかった。

日が街の向こうへ沈むにつれて、暗い色の雲が、空を侵食するように広がり始めている。88号鉄塔に赤いランプが灯り始め、送電線や川を歩く物たちは影のように黒味を帯び始めている。

いつまでも続くかと思われた列の行進だったけれど、お祭りが必ず終わるように、夏休みにも必ず終わりの日があるように、そのパレードも最後の時が近づいているようだった。

京北線の送電線に、物の列がやって来なくなったのだ。最後の列が荒川の水面下に没していくと、あたりは急に閑散とする。

「……これで終わりかな」帆月は立ち上がり、前後を見渡した。

「そうかも」

「あそこ、集まってる」

帆月が指差した場所――川の真上の送電線に、十数人ほどのお面の男たちがいた。彼らは一様に川下の方を向き、流れていく物たちを見守っている。

「行ってみよう」帆月が鉄塔を降り、彼女に手を引かれ、僕はその後に続く。

台風の影響なのか、川は激しく波立っている。川上からはまだ列が続いていて、流れなど気にせぬようにゆっくりと進んでいた。

川の真ん中、送電線が一番たるんでいるあたりから少し距離を取るようにして、これから何が起こるのか窺っていると、送電線の中ほど、川下側に組み合わされた赤い柱のようなものが見えた。

「あれ、鳥居……？」

確かに、それは鳥居だった。送電線の端に沿うようにして、赤色をした鳥居が浮かんでいる。

そこに、お面の男たちは続々と足を踏み入れていく。しかし彼らが鳥居の向こう側に現れることはなく、中に入って行った男たちは次々に姿を消してしまう。

そして、最後の一人になった。その男は中へ入らず、じっとこちらを見つめている。

「ねえ、この鳥居の中はどうなってるの？」

男の元へと近寄ると、帆月が指を差して尋ねた。

お面の男はチラと鳥居に顔を向けたが、やはり答えなかった。

「この中に、私は入れる？」

帆月が問う。男は少し困惑したように首を傾けた。

「帆月？」

「私が入ったらどうなるの？　私も神様になれたりする？」

「そんなはずないだろ。帆月、何を言ってるんだよ」

僕は無理やり笑い顔を作ってみせた。そうでもしないと、帆月がますますおかしなことを言い出して、おかしなことをやろうとしてしまいそうな気がしたからだ。

しかし、やはり帆月は真面目な顔でお面の男を見つめている。ただの興味本位だったり、冗談で言っているような素振りは微塵もない。

お面の男は返答こそしなかったものの、じっと帆月の顔を見つめていて、兎の顔もどことなく困惑したような表情に見えた。

「入ったらもう戻って来られなくなるかも知れないんだし」

「戻れなくなる……」

帆月はちらりと川下を見遣った。

荒川を下る物たちの列。それは、忘れられていく存在だ。

僕の手を握る帆月の指に、グッと力が入った。その指に込められた力の意味が分からず、僕はただ呆然と、帆月の腕を、顔を見守る。

帆月は僕の目を見て、言った。

「ごめん伊達くん。私、戻らない」

「……は？」

「私、行ってみる。どうなるか分からないけど」

「な、何言ってるんだよ……。帆月、わけ分からないこと言ってないで、早く帰ろう」

「私、帰りたくない。帰っても忘れられるだけだから」

「いや、だからって……そんな」

「もし私が神様になったら、伝説ものだよ？　語り継がれるレベルだ」

帆月は小さく笑った。僕はまったく笑えない。正気とは思えない。

「ああいう風になるかも知れないんだぞ⁉」

僕は川を流れていく記憶たちを指差す。記憶たちは川下へと流れ、どんどん小さくなっていく。

「それならそれでいいの。綺麗に忘れてくれるなら、そっちの方が気が楽だし」

「ちょっと待てって、帆月。冷静になって——」

「ごめんね」

帆月はそう言って眉根を下げ、少し困ったように笑うと、
僕の手を放した。

途端、目の前に確かにいたはずの帆月やお面の男が消え、僕は送電線の間を抜けるように落ちて行った。眼前に荒川の水面が迫ったかと思うと、次の瞬間、僕は真っ暗な闇の中に放り込まれていた。


どちらが上下か分からない。それでも僕は無我夢中でもがいた。

ようやく水面へ顔を出すと、風切音が耳の中に入り込んでくる。ついさっきまでの夕日が嘘みたいに、あたりはもう薄闇に包まれている。

僕はとにかく川岸まで必死に泳いだ。川の流れは速く、息継ぎのたびに口の中に大量の水が入ってくる。やっとのことで荒川左岸へとたどり着き、息を切らせながら空を見上げる。

荒川を渡る電線には、上と下の電線が風に煽られて接触しないよう、突っ張り棒のような相間《そうかん》スペーサーが取り付けられているのだけれど、それでも送電線は風に煽られ、うねるように揺れていた。

帆月の姿はない。僕には何も見えない。

まさか、本当に行ってしまったのか？

もう、帰って来られないのか？

焦燥感に襲われ、僕は帆月の名を叫んだ。声は風に跳ね返され、僕のすぐ側で消えてしまう。

どうすれば――どうすればいい⁉

何も分からない。僕には何の力もない。どうすることも出来ない。

僕はその場に膝を突き、ただただ揺れる送電線を見上げていた。

「伊達！」

吹き荒れる風の中を縫うように、声が聞こえる。

振り返ると、こちらに駆けて来る比奈山の姿があった。

「比奈山……？」僕は縋《すが》るような思いで立ち上がり、比奈山の元へよろよろと歩み寄る。

「どうした。何があった？」

「比奈山、どうしてここに……？」

「二人とも公園に自転車置きっぱなしだっただろ。何かあったのかと思ってその辺を探してたんだけど……帆月はどうした？」

帆月、という言葉を聞いて、僕はハッと我に返る。

「比奈山、あの送電線！　真ん中あたり！」

僕は風に揺れる送電線を指差した。

「帆月が見える？　見えない？」

「いや……とくに何も……見えないぞ」

「そう……か」僕は力が抜けてしまい、膝から崩れそうになる。比奈山は咄嗟に腕を伸ばし、僕の体を支えた。

「何だよ。何があった？　帆月はどうした⁉」

「帆月が……行っちゃったんだ」

「何言ってんだ？　ちゃんと説明しろ」

僕は必死に頭を働かせ、ついさっき起こった出来事を話す。比奈山はギュッと眉を寄せて聞いていたが、話が進むにつれみるみるうちに色をなくしていった。

「あの女……馬鹿か！」

比奈山は吐き捨てるように言う。

「これが全部あいつの頭の中の出来事だったとして…………いや、それでも結局、あいつが帰って来ないと駄目なのか？　あいつの見たものが本当だったとしても……同じなのか？」

「そんなのどっちだっていい！」

僕はとにかくありったけの力で叫んだ。

「どうしよう……比奈山！　どうすればいい⁉」

「どうすればって……俺に何が見えるわけじゃないし……」

比奈山は唇を噛んだ。送電線の中央にあった鳥居を比奈山が見えてさえいれば、あるいは帆月を連れ戻すことが出来たかもしれない。けれど、僕にも比奈山にもそんな力は――。

……いや、見える奴がいる。いるじゃないか。

「椚彦なら……！」

僕は駆け出した。

「おい、どこ行くんだ」背後で比奈山が叫ぶ。

「椚彦なら見えるはずなんだ！」

見えるなら、帆月を連れ戻せる！

人気のないゴルフ練習場を駆け抜け、土手を上がり、京北線94号鉄塔を目指す。比奈山はすぐに僕の横に追いつき「どうするつもりなんだ！」と声を上げた。

「椚彦に頼むんだ。あの子は神様だから！」

正確には神様に近い存在であって神様ではないのかも知れないけれど、この際それはどうでもよかった。

やがていつもの公園へと辿り着く。川に落ちたから服はびしょ濡れで、その上かなりの距離を走ったので、僕は汗だくだった。しかし、そんな不快さを気にしている余裕はない。

公園はいつにも増して暗く、木々が風に揺られてざわめいている。

「椚彦！」僕は鉄塔の天辺に向かって叫んだ。

「頼む！　お願いだ！　助けてくれ！」

今までこんなに大きな声を上げたことはないかもしれない。喉の奥がヒリヒリと痛む。それでも、僕は構わず声を上げた。

しかし、しばらく待ってみても、何の反応もない。

「おい、椚彦！」比奈山も叫んだ。

けれど、椚彦が顔を見せることはなく、灰色の空の下には鉄塔がぽつんと立っているだけだった。

「僕の声じゃ駄目なのか？　帆月でないと……」

比奈山は鉄塔の天辺を見上げ、それから僕に言った。

「場所を変えよう。こっちだ」

そう言って比奈山は公園を離れて行く。僕はとにかく比奈山に従った。

やって来たのは公園から少し離れたところにある、小さな社だ。

「神様にお願いするなら、こっちだな」

僕と比奈山は鳥居を潜り、赤く塗られた社の前に立つ。鳥居の先が鉄塔の上だったら、なんて淡い期待は脆くも崩れ、僕は焦る一方だった。

「賽銭箱がないけど、無料で聞いて貰えるかどうか」

比奈山はそんな冗談を言った後、手を合わせ、小さな声で言った。

「椚彦、頼みがある。出てきてくれ」

僕もそれに倣い、手を合わせる。

「椚彦。お願いだ……助けてくれ」

僕は祈った。こめかみに痛みを感じるくらい、強く祈った。

「帆月が行ってしまったんだ。頼む、お願いします。帆月を連れて帰りたいんだ。僕をあの鳥居の中に行かせてください。お願いします。お願いします」

僕はありったけの念を込める。けれど、社の扉が開くなんてことはなく、風の音がびゅうびゅうとあたりに響くだけだった。

「駄目……か？」比奈山が呟く。

「そんな……」

僕は膝を突いた。

あの時……無理やりにでも帆月を引っ張って、一緒に川に飛び込めばよかったんだ。何故そうしなかったのか。何故そう出来なかったのか。

僕は自分の膝を叩いた。本当に僕は何の力もない、駄目な男だ。

「お願いだ……梢彦。帆月を……お願いします」

自分の無力さに、涙が込み上げてくる。泣いたって何も変わるはずがない。けれど、僕にはもう何も出来ない。

帆月の、破天荒で、怒りっぽくて、時々厭味ったらしく笑うあの顔は、もうどこか遠くに行ってしまって、二度と会うことは出来ない。

帆月は、忘れて欲しくないと言っていた。でも、忘れて欲しいとも言っていた。

僕には彼女の気持ちを、その細部まで推し測ってやることは出来ない。僕なんかが分かってやれることじゃない。

でも、僕は帆月ともっと一緒に時間を過ごしたかった。帆月と過ごしたこの夏休みの時間はとても短いものだったけれど、それでも今までのどんなことよりも楽しかった。

帆月を忘れる？　そんなこと……出来るわけがない！

自分勝手なことばかり言って。僕のことなんて全然考えてないじゃないか！

「馬鹿野郎……」

「伊達……？」

「帆月の馬鹿野郎ッ！　椚彦！　出て来いッッ！」

僕はありったけの思いを吐き出した。

同時に強い風が吹き、社や狐の像、その周りを囲う木々を叩く。

気が付けば僕の頬を涙が伝っていて、その頬にフッと柔らかい物が触れた。

顔を上げてみると、目の前に子供の姿があった。

小さな眉と大きな目をした子供――椚彦だ。

「椚彦……」

僕は頬に触れた小さな手を握る。生き物特有の温かみこそなかったけれど、そこにいるという確かな存在感があった。

「まさか、それ……」比奈山が僕の側に歩み寄る。僕は握った小さな手を比奈山の体に触らせる。すると比奈山は「おわ」と声を上げて驚いた。

「椚彦。あの鳥居から鉄塔の上に行けるようにしてくれないか」

僕は椚彦にお願いをする。しかし椚彦はふるふると首を振った。

「どうして？　あそこに行けないと、帆月を助け出せない！」

すると椚彦は僕の手を引き、社を離れた。そして送電線が見える場所まで移動すると、小さな指を空に向ける。

「道が……ないのか？」

「どういうことだ？」比奈山が首を傾げる。

どんなに目を凝らしてみても、送電線の間にあったはずの薄く光る道は見えなかった。

椚彦はそのまま指を94号鉄塔の方向へずらし、そしてさらに先へと持っていく。薄闇の中、マンションを越えるあたりにかろうじてきらきらと光る道が残されている。

「どんどん消えて行ってるのか……？」

僕は椚彦に尋ねた。椚彦はこくりと頷く。

「……他に行き方は？　あの小さな鳥居から直接行くことは出来ないのか？」

再び椚彦は顔を横に振る。

「それじゃ……結局帆月を助けに行けないじゃないか……」

「どうなってるんだ？　道が消えているって……例えば飛んで渡れない距離なのか？」

僕は再び僅かに見える道に目をやった。光る道はマンションの先に確かにあるけれど、送電線は建物よりももっと上空を走っているので、マンションの屋上から飛び移ることは出来ない。鉄塔の天辺ならば送電線よりも高い位置にあるけれど、94号鉄塔とマンションまでは、ゆうに三十メートルは離れている。とてもじゃないが、鉄塔の上に登ったとしても届く距離じゃない。

「無理だ。空でも飛ばない限り……」

――空を飛ぶ？

僕の頭の中に、ある考えが浮かぶ。とても正気の沙汰とは思えないが、けれど他に代案なんて思い浮かばない。こうして思い悩んでいる間にも道はどんどん消えてしまって、いずれはあの川の真上にある鳥居だってなくなってしまうかも知れない。

「椚彦、お願いがあるんだけど、聞いてくれる？」

僕は身を屈め、椚彦と向き合う。椚彦は少し首を傾げていたが、やがて大きく頷いた。

「背中に乗れる？」

僕は椚彦に背を向けてしゃがむ。すると背中に少しだけ重みを感じ、小さな手が僕の首元に回される。首を回すと、椚彦が僕の後ろでにんまりと笑っていた。

「行こう！」

僕は再び駆け出す。

「おい、どうするんだ」

「比奈山、付いて来てくれ！」

公園の入り口に倒れている自転車を引き起こし、サドルに跨る。比奈山も自分の自転車を引っ張ると、駆け上がるように飛び乗った。

そうして僕と比奈山は吹き荒れる風の中を走り抜け、橋を渡り、やがて鉄板で覆われた建物の側まで辿り着いた。荒川側の扉から中に入ると、暗闇の中に三十階建ての建物が現れる。

「おい、何でここに」

比奈山が言う。

とにかく時間がない。こうしている間にも道は少しずつなくなっているはずだ。

自転車を脇に止め、フェンスの中へ入る。こんな天候だからか、もちろん人影はない。

「何するつもりだよ！」比奈山は少しイラついたように声を上げた。

暗闇に包まれたロビーを抜け、ガラクタで山積みになった柱の裏を覗くと、ちゃんと目的の物が置いてあった。

「お前……これ、本気か？」

「帆月は、飛ぶって」

目の前にはいびつな形の自転車があり、その横には大きな翼が横たわるように置かれている。翼の長さは片翼約三メートル。それでは短か過ぎると比奈山が言い、滑空するだけなら問題ないと帆月が返していたことを思い出す。

翼を取り付ければ、自転車は完成するのだ。

「屋上まで運ぼう」

僕が翼の片側に回ると、比奈山は再び「本気か」と言いながら反対側へ回った。そうしていざ運ぼうとすると、廊下から僅かに物音がして、僕と比奈山は足を止める。

やがて、ロビーの柱に、ぼわ、と青白い女性の姿が浮かび、僕と比奈山は大きく息を吐き出した。

「ちょうどいいや。自転車運ぶの手伝って」


ヤナハラミツルが持っていた鍵を使い、工事用のエレベーターで屋上に上がった。

屋上には手すりがなく、予想以上に強い風が吹いていて、気を抜くと飛ばされてしまいそうだ。

「すごい風だあ！」ヤナハラミツルが叫んだ。

「楽しそうだな」比奈山は呆れている。「お前、こいつが今からやろうとしてることに対して、何も思わないのか？」

「人力飛行機で空を飛ぶんでしょ。川方向なら追い風だし、きっと結構飛ぶよ」

ヤナハラミツルは、危機感が欠如しているというか、むしろ楽しんでしまう人種らしい。この状況だとそれはむしろ心強かった。

「鳥居は？　あるのか？」

比奈山が問う。僕は腰を屈めて屋上を歩き、端から身を乗り出した。

送電線の真ん中あたりに、確かに鳥居は存在していた。このマンションの横に立っている京北線88号鉄塔からその鳥居までの間にも、ぼんやりとした道がまだ残されている。

僕が頷くと、「まだ、閉じたわけじゃないんだな」と比奈山も小さく、何度も頷いた。

屋上から鳥居までは、およそ二百メートルほど離れているけれど、そこまで飛ぶ必要はない。横を走る送電線の道の上に乗ればいいだけだ。それに、送電線は中央に行くにつれてたわんでいるため、最終的な高さはマンションの半分くらいしかない。飛べば、たどり着けるはずだ。飛びさえすれば。

「急いで組み立てよう」

「よし、分かった」

比奈山が、今度は大きく頷き、僕らは自転車を組み立て始めた。簡易的な作りになっており、僕らでも簡単に組み立てることが出来そうだ。初めは訝《いぶか》しんでいたヤナハラミツルだったけれど、こういった工作が得意らしく、嬉々として手伝ってくれた。エレベーターホールから持ってきた鉄板を屋上の端の出っ張りに並べ、車輪がスムーズに乗りあがるように設置する。

その時、チラと階下が視界に入ってしまった。さっき僕らが入ってきた、敷地を囲う背の高いフェンスが、まるでミニチュアみたいに小さい。学校の屋上から落っこちた帆月は、打撲や骨折で済んだけれど、ここから落下したならば怪我どころじゃ済まないだろう。

風が吹いたわけでもないのに、地表へと吸い込まれそうになり、僕は思わず後ずさった。しっかりと屋上に足が着いていることを確かめつつ、大きく息を吸い込む。

「本気なんだな?」比奈山が僕を睨む。

「他に思いつかないし」

「飛んだことないんだろ、これ」

比奈山が自転車のサドルを、ばし、と叩いた。

「でも、帆月は飛ぶって言ってたから」

僕がそう言うと、比奈山は「はあ」と溜息を吐く。

「お前、よっぽど好きなんだな」

「えっ？」

「いや、まあ、何とかしたいのは俺も同じだけど」

羽の生えた自転車を屋上の端に移動させて、僕はサドルに跨った。サドルはふかふかで座り心地がよく、僕の言葉でお腹を抱えていた帆月の顔が浮かぶ。椚彦は僕の背中で、これから何が起こるのかと楽しそうにしていた。

「本当に飛ぶのか？　俺が替わってもいい」

比奈山が真剣な顔で聞いてくる。

「飛ぶよ。僕が飛ぶ」

僕はそう言って、ペダルに足を掛けた。ずいぶんとカタカタ鳴るペダルだな、と思ったけれど、それを鳴らしていたのは僕の足で、膝が小刻みに震えているからだった。

「大丈夫か」

後ろからそう声を掛けられたけれど、恐怖を堪えることに必死で返事が出来ない。もし駄目だったら——という不安が、心の中であっという間に膨らんで、僕の目や口や鼻から今にも溢れそうだった。

「やっぱり、やめた方がいいんじゃない？」

「黙ってろ。そうすれば、あとであの時の真相を教えてやる」

比奈山とヤナハラミツルは、そんなやり取りをしている。

僕はギュッと目を瞑った。大きく深呼吸をする。

ふと、祭りの日に帆月が言った言葉を思い出した。

——大丈夫。伊達くんが取り残されても、私が助けてあげるから。

帆月の満面の笑みが浮かぶ。

大丈夫だ。僕が連れ戻してやる。

「椚彦、しっかり摑まっててよ。僕の命は君が握ってるんだから」

背中にそう声を掛けると、首元にギュッと反応が返って来た。

「行こう！」

僕はとにかく恐怖を振り払うために、大声で叫んだ。

「よし！」比奈山も声を絞る。

「……二人とも、自転車を押してくれ！」

僕は大声で叫んだ。「自分からじゃ漕ぎ出せないんだ！」

「格好悪いなあ」

ヤナハラミツルが笑った。

「伊達、これ持ってろ」

比奈山はそう言うと自分のお守りを外し、僕の首にぶら下げた。

「これ……?」

「交通安全のお守りだ」

比奈山はそう言って片方の眉を上げた。

「でもこれ、中身はただの板切れなんじゃなかったっけ」

どうにか頭を回転させて、そう皮肉を言うと、比奈山は目を丸くしたあと、小さく鼻で笑うのだった。

「よし……押すぞ!」

比奈山が僕の背中に手を当て、もう片方の手で左の羽を掴む。ヤナハラミツルは反対側の羽と、僕の腰に手を当てた。

「いっせーの!」

二人の声が重なり、自転車が進み始める。

僕は思い切りペダルを漕いだ。

初めはあまりにもゆっくり過ぎて、ストップをかけようかとも思ったけれど、屋上も残り半分、あと十五メートルぐらいに差し掛かると、次第にスピードが付き始める。この速度だと、もう引き返すことは出来ない。

僕は意を決し、さらにペダルを漕いだ。

速く、速く。

前輪が鉄板に乗り上げる。

続いて後輪。

タイヤが屋上から離れた、と感じた瞬間、僕の体はほぼ九十度真下に傾き、視界に地面が映り込んだ。

落ちる！　落ちてる！

物すごい速さで地表が接近してくる。このまま真っ逆さまに落っこちたら——考えたくないのに、僕は落下した自分の姿を想像してしまった。まず前輪がぺちゃんこに曲がり、次にハンドルがひしゃげて、それでも落下の勢いは止まらず……僕の身体は地面にぶつかり、自転車と一緒にバラバラになってしまうだろう。

嫌だ！　嫌だ！

僕はペダルを漕いだ。ペダルの回転に足が追いつかなくなるほど、必死に漕いだ。

気が遠くなるほど長い時間、荒川の土手を見つめていた——と思ったのだけれど、いつの間にか視界は開けていて、宵闇の荒川が前方に見えていた。

さらに力を込めてペダルを踏み、プロペラを回した。

強い風が顔や体に当たり、ごうごうという風の音が耳の中に矢継ぎ早に入り込んでくる。

そんな中、ふと、後ろから声が聞こえた気がして、僕は耳を澄ませた。

る。

「頑張れ！」

風の音があまりにも強くてしっかりとは聞き取れないけれど、確かに誰かがそう言ってい

「頑張れ！　頑張れ！」

ハンドルで方向を調整しながら、とにかくペダルを漕ぐ。飛んでいる、などと感慨に耽る暇もない。一秒でも早く目的地に辿り着きたい、それ以外に考えられることはなかった。お願いだから、土手を越えてくれ。お願いだから、荒川の上まで飛んでくれ。お願いだから

——誰に祈っているのかも分からない。

自転車は地面とほぼ水平に、確実に空を飛んでいて、送電線と並走している。もうすぐ川に差し掛かる。

けれど、このままでは高度がありすぎて、送電線の上を通り過ぎてしまいそうだった。

慌てて僕は漕ぐ足を緩める。

すると、ブレーキが掛かったかのように自転車は急速に下降し始めた。

「うわあっ！」

ぐんぐんと前輪が送電線に迫っていく。この勢いでは、もう上昇させることは出来ないだろう。あとは、光の道に乗るか、それとも電線にぶつかるか、どちらかだ。

「噛《か》めええええええっ！」

僕は叫んだ。叫びながら祈った。自転車が光の道に乗れるのか、そもそも僕が光の道に乗

れるのか、賭けでしかなかった。

タイヤが送電線に触れる、と身構えた瞬間、前輪は確かに何かを噛み、そしてバウンドし、そのまま滑るように送電線を下っていく。

しっかりと光の道に乗り上げた喜びもつかの間、勢いづいて左右にブレようとする自転車のハンドルを、両の手で制御する。

「うわあああああああああ!」

自転車は急スピードで送電線の間を進んでいく。視界の端に、確かに赤い鳥居が見えた。

ブレーキ? いや、そんな暇は――!

川上の鳥居に差し掛かる寸前で、僕は思い切りハンドルを右に切った。

激しい衝撃が自転車を襲い、ばきばき、と後方から嫌な音が鳴る。タイヤがパンクしたのか、ガクガクと激しく小刻みにぶれ出す。

僕と椚彦を乗せた自転車は、鳥居の中に入った。

突然、視界に柱のようなものが現れ、さらにハンドルを右へと切った。僕の脚と車体がその柱をこするようにぶつかり、僕も自転車も悲鳴を上げた。けれど、ここで倒れるわけにはいかない。僕は思い切り柱を蹴飛ばし、その勢いでどうにか体勢を整えた。

そうして、ようやくあたりを見回してみる。

僕は太い橋の上にいた。その幅は十メートルくらいはあるだろうか、荒川の上空に、年季がありそうな木製の橋が、ずっと川下まで延びている。先ほど柱に見えたものは欄干《らんかん》で、所々に置かれた擬宝珠《ぎぼし》が淡く光っている。

　さっきまでの嵐が嘘のように、風は止んでいた。橋は時折ゆるやかなカーブを描いている。おそらく川の上をなぞるように通っているのだろう。少し身を乗り出して橋の下を眺めてみると、荒川がごうごうと流れていて、この橋の外はまだ風が強いのだと分かる。

「椚彦、大丈夫？」

　僕は背中に声を掛ける。チラっと顔を向けると、椚彦はしっかりと僕の背中に貼り付いていて、そして信じられないことに、今まで以上ににこやかな笑顔を作っていた。

「楽しんで貰えたようで、何よりだ」

　自転車の後ろに付いていていたはずの羽はもげていて、残骸だけが少しばかり残されている。これを作るのに帆月はいくら掛かったと言っていたっけ、なんて考えながら、僕は必死に自転車を漕いだ。

　欄干の光が溶けるように後方へと消えていく。

　幻想的な風景であったけれど、今の僕には何の感慨も浮かばない。一切必要がない。

　漕いで、漕いで、漕いで、漕ぐ。

　帆月の元へ、一秒でも早く。

　あいつに文句の一つでも言ってやらないと。

　駄々をこねるようだったら、無理やりにでも連れ帰る。お面の男が止めるようだったら、僕は生まれて初めて暴力を振るうかも知れない。ヤナハラミツルの時のあれは、除霊だ。

とにかく帆月に会う。この道の先にいるはずだ。

僕はひたすらに自転車を漕いだ。足の悲鳴を無視して、とにかく漕ぐ。漕ぎ続ける。

やがて——前方にたくさんの人影が見えた。

その集団は誰もが浴衣姿で、自転車の接近に気が付いたのか、一斉に振り返った。どの顔にも兎のお面がへばりついていて、僕は思わず息を呑む。

取り囲まれ、道を塞がれてしまうかと思いきや、自転車の進む勢いが強かったおかげか、お面の男たちは気圧されるように左右へと分かれ、僕と椚彦を乗せた自転車はその間を一気に突き進んだ。

お面の男たちの姿もまばらになってきたその中に、横並びに歩いている二人の人影が見えた。

右側を歩いているのは浴衣姿の男。首筋に覗く白い肌が暗闇に浮かんでいる。

その隣に、俯き加減に歩いている黒髪の少女の姿。

「帆月ッ!」

僕は叫んだ。

「帆月いぃぃぃぃ!」

自転車を漕ぎながら、何度も、何度も名前を呼ぶ。

帆月が振り返った。

これから向かう先に期待を抱いているのかと思いきや、気落ちしたように下げられた両眉がピクンと跳ね上がり、その目が大きく開かれた。

「……伊達……くん？」

欄干の淡い光に照らされた帆月の薄桜色の唇が、ぽっかりと半月形に開けられる。

「帆月！」

僕はもう夢中で自転車を漕いだ。

力なく自らの体を抱いている彼女の立ち姿は、いかにも頼りなく、早く捕まえなければ今にもその先の暗闇へと消えてしまいそうだった。

もうすぐ帆月の元へ辿り着く——と、そこで、急にペダルに重みが掛かる。何事かと後ろを振り返ると、先ほど追い抜いたはずのお面の男が自転車の荷台に手を掛けていて、強い力で引っ張っていた。

「うわあ！」

自転車は急激に加速を失い、バランスを崩した僕と梱彦は橋の上へと放り出された。

帆月はすぐそこにいる。

僕は自転車を乗り捨て、梱彦を背負い直し、追い掛けてくるお面の男たちから逃げるように走り出した。

帆月は一瞬だけこちらに歩み寄ろうとしたが、しかし途端に体を強張らせる。

やはり向こう側へ行きたいのか。それとも、今更後には引けないと思っているのか。

そんなこと、僕には関係がない。

自分勝手であることは重々承知している。

それでも――僕は帆月を連れて帰るんだ。

帆月と共にいられる時間は、ほんの僅かなのかも知れない。それでも僕は帆月と一緒にいたいのだ。

僕は走った。ただひたすらに足を前へ出した。

けれど、どうにも上手く走れない。いきなり両脚が震え出し、膝がガクガクと揺れる。あまりに酷使し過ぎたためか、それとも空を飛んだ恐怖心や帆月に出会えた安堵感に今更ながら襲われたためか、足を前に繰り出そうとすればするほど空回り、もつれ、前のめりに転んでしまう。

「痛っ」僕は悲鳴を上げた。背中で馬乗りになっている椚彦がケタケタと笑っている。

目の前には帆月の細い足があり、顔を上げると、きょとんとした帆月と目が合った。

追いかけて来ていた男たちは、僕と帆月の周りをぐるりと取り囲んでいく。けれど、飛び掛かってくるようなことはなく、誰もが何かを嫌がるように、少し前に出ては戻る、といった仕草を繰り返していた。

周囲をうかがいながら、僕は立ち上がり、ようやく帆月と対面する。

「……どうやってここに来たの?」

帆月が小さな声で言った。

「あれ」と僕は背後に倒れている自転車を指差す。

流麗なフォルムを保っていた帆月の自転車は今や見る影もなく、荒川に自らを放り投げていった物たちと区別が付かない程に草臥《くたび》れてしまっている。

「ごめん、壊しちゃった」

「あの自転車……」

「うん、飛んできた」

「本当に？」

「うん。飛べたよ。ちゃんと飛んだ」

すると帆月は「そっか……」と感慨深げに呟いた。

僕は一歩、帆月へ近づく。

帆月は唇を噛み、身構える。

そこへ、スッと一人の男が近寄ってきた。

僕らがずっと後を追っていた、兎のお面の男。

男はやはり何を言うでもなく、じっと僕と帆月に視線を送っている。

僕は帆月の身体を引き寄せ、男から遠ざけた。

お面の男が帆月を連れて行ってしまいそうな気がしたからだ。

「ほ、帆月は……連れて帰ります」

口の中がカラカラで、上手くしゃべることができなかったけれど、無理やり唾を飲み込んでから、言った。

男は僕の側まで寄ると、おもむろに右手を近づけてくる。

握手をしよう——というわけではなさそうだ。白く細い指先は、何かを毟り取ろうとするように、複雑に折れ曲がっている。

僕はゆっくりと近づいてくる腕を見つめていた。

払いのけるという選択肢は、何故だか生まれてこなかった。

白く長い腕は、僕の胸元あたりまで近づいてきた途端、何かに弾かれるかのように、ビクンと跳ねた。

お面の男は弾かれたその手をじっと見つめ、それから、再び僕の顔に視線を落とす。

どれくらい見つめ合っていたのだろう。息が詰まりそうになったけれど、彼から目をそらすことが出来なかった。

やがて、男の方から視線を外し、払うように右手を振った。それに合わせて、周りを囲むようにしていた兎面の男たちは川下へと向き直り、それぞれ静かに歩き出す。

僕の前にいた兎面の男もまた、懐手を組むと、みんなの後を追うようにして、ゆっくりと歩いていった。

やがて、橋の上は僕と帆月と、僕の背中にいる椚彦だけになる。

帆月はずっと、男たちの行く先へ目を向けていた。

彼女が何を考えているのか、僕にはまったく分からなかったけれど、

「帆月、帰ろう」

僕は帆月の目をしっかりと見据えて言った。

帆月の瞳はゆらゆらと揺れていて、未だに戸惑いの色が浮かんでいたけれど、

「……うん」

そう小さく呟いた。

君と夏が、鉄塔の上

まもなく、夏休みが終わろうとしている。

台風は一晩中僕の町を荒らしまわった後、足早に離れていった。積み残している宿題や、近づく新学期を意にも介さず、高い空には白い雲が当たり前のように浮かんでいる。あの風の中をどこに隠れていたのか、再び蟬がけたたましく鳴き出した。

あれから一日経っても、二日過ぎても、帆月は公園にはやって来なかった。

帆月を連れ戻したあの日、いったいどうやってここ戻ったのか、はっきりと覚えてはいない。気が付いたら帆月と僕は椚彦の社へと戻っていて、リバーサイド荒川の屋上にいた比奈山たちと合流したのだけれど、強い風に加えて雨まで降り出し、このままだと体を壊しかねないからと、とにかくそれぞれの家に帰ることにした。僕と比奈山は、自転車や羽の破片をかき集め、それらをマンションの敷地に積み上げた。手伝うと言った帆月を制し、無理やり家に帰した。

別れ際、確かに「また公園で」と約束したはずなのだけれど。

僕はフェンス際のベンチに座り、ぼんやりと鉄塔を見上げている。鉄塔は何もなかったかのように悠然と立っていて、珍しいものは何一つ目に映らない。

今日も、帆月は公園にやって来ないらしい。

――――まさか。

引っ越し、という単語が僕の目の前に大きく現れる。もうすでに、引っ越しをしてしまっているのではないだろうか。

その時、自転車が止まる音がして、僕は公園の入り口を振り向いた。

やって来たのは比奈山で、比奈山は鉄塔を見上げたあと、ぐるりと公園を見渡した。

「また一人か」

比奈山はゆっくりとこちらへやって来る。

「お前も好きだな」

「何が？」

「この公園だよ」比奈山は口の端を曲げて笑った。

「そうだね。毎日いるから」

「俺も、この鉄塔に愛着が湧いてきたかな」

比奈山が再び鉄塔を見上げた。僕も比奈山と同じように顔を上げ、背後に聳えている鉄塔の天辺を眺めた。

「何か見える？」

「いや、何も」

比奈山は首を振った。

椚彦はどこへ行ったのだろう。役目を終えたからいないのか、それとも、お面の男たちに怒られていたりするのだろうか。もしそうならば、鳥居内に侵入したのは自分の責任なので、申しわけない気持ちが湧き上がる。

あるいは、全部帆月の頭の中の出来事だったのだろうか。鉄塔の子供も、お面の男も、最初からいなかったのだろうか。あんなことが、帆月の頭の中で繰り広げられていて、それを僕や比奈山が現実であるかのように体験してしまうことなんてあるのだろうか。いや、帆月のいない状態で柵彦の姿を見ることが出来たのだから、あれはやっぱり神様だったんじゃないだろうか。

様々な疑問を、思いつく限り比奈山に投げ掛けてみる。

「俺もお前も、いつからかあいつの世界に入り込んでたのかもな」

比奈山はそう言って苦笑いを浮かべた。

「でも、どっちだっていい……だろ？」

「そう……だね。どっちでもいいんだ」

帆月は帰って来た。それだけで、僕には十分だ。

十分なはずだったのに、帆月はここにいない。

そうして、しばらく蟬が鳴くだけの静かな時間が流れた。

「……前に、鉄塔は家系図だって言っただろ」

「ああ、うん」

「俺の場合はさ、普通の鉄塔と、変な形の鉄塔が、交互に続いていくんだろうな」

そう言って比奈山は、指で一つずつ鉄塔を数えていくような仕草をした。比奈山と、比奈山家のことを言っているのだろう。

僕はその言葉を聞きながら、広大な草原に、三角帽子鉄塔と、変わった形の鉄塔――例えば猫の顔みたいな烏帽子型鉄塔――が、交互に延々と連なっている様を想像する。連綿と続いていく鉄塔群は、感動すら覚えるほど雄大な光景だ。

「ほらよ」

比奈山が僕の膝の上に、薄っぺらの冊子を投げて寄越した。ピンク色をしたこの表紙には見覚えがある。

「帆月の家、やっぱりここからはちょっと離れてるな」

「こんなの、下らないんじゃなかったの？」

「ああ、下らない」

しかし比奈山は、今度は両方の口の端を曲げて笑った。

「まあ、下らないことも、そんなに悪くはない」

公園を離れ、冊子に書かれている住所を頼りに自転車を漕いだ。

東京外環自動車道の側に立っている96号鉄塔から少し離れたところに、帆月の住んでいるマンションがあった。背の高い、八階建ての重厚なマンションだ。

マンションの中に入ると、備え付けられているインターホンに部屋の番号を入力する。程なくして女性の声が聞こえてきた。

「……はい」

「あ、僕は伊達と言います。帆月さんとは同じ学校で――」

「分かってるよ。見えてる」

「あ、帆月か」

確かに、インターホンの横に小さなレンズがある。これがカメラなのだろう。

彼女がまだこの家にいることが分かり、僕はホッと胸を撫で下ろした。

「……なに？」

「いや、用事は、とくには」

「……」

何と言えばいいのかさっぱり分からない。そもそも用事と呼べるものなんて本当にないのだ。

「ちょっと待ってて」

そうして、インターホンが切れた。

しばらく待っていると、自動ドアの向こうから帆月がやって来た。しかし、別人ではないかと思えるほど彼女の顔は蒼く沈んでいる。帆月は半袖の白いパーカーを羽織っていて、その襟元から伸びている紐を両の手でキュッと握っていた。

「やあ」

出来るだけ明るく挨拶をしたのだけれど、帆月から返事が来ない。

「比奈山の家もすごかったけど、帆月もすごいところに住んでるんだね」

「別に、たいしたことないよ」

「番号を入れるインターホンって初めて触った」

「ここ賃貸だし。もう、引っ越すから」

「あ、そうなんだ。大変だね」

「そうでもないよ。慣れっこだから」

「……そう言えば、どこに引っ越すの？　遠いところ？」

僕は恐る恐る尋ねる。まさかとは思うけれど、帆月のことだから国外なんて可能性もあるかも知れない。

「長野」

その答えを聞いて、僕は安心して息を吐いた。

「なんだ。そんなに遠くはないね」

「うん、まあね」

帆月は小さく頷き、そして、

「でも、近いって距離でもないでしょ」と小さく笑った。

「まあ……そうかな」

「多分、みんな忘れちゃうよね。私も私で、あの鉄塔とか公園とか、鉄塔の子供とか、どんどん忘れていっちゃう」

「そんなこと――」

――ないよ、と言おうとする僕を、帆月は言葉で制した。

「最初のうちは覚えているだろうけど、環境が変わって、忙しくなったりすると、きっとどんどん思い出さなくなるよ。だって、繋がりが何にもなくなっちゃうんだから」

それは帆月が、身をもって感じてきたことなのだ。時間を重ねるうちに、友達や、実の母親にまで忘れられてしまうのだと、彼女は恐れている。

でも、僕は言いたかった。僕は帆月のことを忘れない、絶対に忘れるものか、と。

言いたかったけれど、言えなかった。

僕の言葉には、何の根拠もない。小学校のクラスメイトの名前すらろくに覚えていないのだから。

だから、僕はただ俯《うつむ》いて、ぴかぴかに磨かれている床を見つめた。

帆月はロビーに置かれている真っ赤なソファーに座る。

僕もまた、その隣に腰を下ろした。ソファーは沈むように柔らかく、それが若干の居心地の悪さを感じさせる。

それから、ロビーの中は、ソファーの皮が擦れる音や、唾を飲み込む音すら響くのではないかというくらい静かになった。

「転校はさ、別にいいんだ。新しい所に行くってすごい面白いし。でも――」

そこで帆月の言葉が止まった。静かなロビー内に沈黙が流れる。なかなか次の言葉が来ないので、僕は顔を上げた。

帆月の肩が、小さく揺れていた。

帆月の目、下瞼《したまぶた》から、ゆるやかに一筋の線が流れた。ぴかぴかに磨かれているロビーに、一滴、ぽたりと跳ねる。

「私……忘れたくないし、忘れられたくない。伊達くんのことも、比奈山くんのことも」

帆月はそのまま、唇を噛み締めるようにして、静かに肩を震わせていた。時折漏れる小さな声が、僕の耳や胸を揺らす。

「今までこんなに、考えたことなかった。人から忘れられるのなんて当たり前だって、分かってるのに……」

帆月の手の甲に、ぽたり、と透明な雫《しずく》が弾ける。

「私、伊達くんとかに忘れられちゃうの——嫌だ」

そう言って帆月は、崩れるように涙を流した。涙を流しながら、嫌だよ、と呟く。

「……でも、忘れちゃうんだよね？　だって、離れて過ごすんだもん。あの列が進んでいくみたいに、少しずつ記憶は薄れていって、いつか綺麗に忘れちゃうんだ」

帆月は顔を上げて、僕を見た。その顔はあの川の上で見た時よりもくしゃくしゃで、僕は、自分の心までもが潰れてしまいそうだった。

——何か。

僕は必死に頭を回転させた。

——僕に出来ること。

たった一つしか取り柄のない僕だから、とにかくひたすらに頭の中を叩く。僕と帆月を繋ぐものがあるはずだ。どんなに離れていても、ずっとずっと繋がっているものがあるはずなんだ。

頭の中で点と点を繋ぎ合わせ、線を描く。大丈夫。絶対に繋がっている。

「行こう」

僕はソファーから立ち上がり、帆月の腕を取る。

「……どこに？」

帆月は片方の手で、ごしごしと顔を拭《ふ》いた。

「いいから」

僕は半ば強引に引っ張り上げ、帆月をマンションの外へと連れ出した。

そうして帆月を自転車の後ろに乗せて、必死にペダルを漕いだ。帆月はしばらく小声で文句を言っていたけれど、そのうち何も言わなくなり、その後はただ、流れる景色をじっと眺めているようだった。

体中の節々が痛むけれど、そんなのどうだっていい。ひたすらに自転車を走らせる。このところ体を酷使してばかりだ。もっと鍛えておけばよかった。

やがて辿り着いたのは、京北線94号鉄塔の側にあるいつもの公園だ。比奈山の姿は、もうすでにない。

「いったい、何？」

帆月はぐっと眉根を寄せて、赤くなった目で僕を睨んだ。僕は帆月を鉄塔の真下まで引っ張っていくと、鉄塔の送電線を指差す。

「京北線を荒川の方へずっと進んでいくと、南川越変電所に向かうんだ」

「え？」

「そこから南川越線を進むと新所沢《しんところざわ》変電所に辿り着く。今度は５００キロボルトの新所沢線で新多摩《しんたま》変電所に向かって、新秩父《しんちちぶ》線で新秩父開閉所まで行く。そこから出ている安曇《あずみ》幹線──これは一回線が二ルートある珍しい送電線なんだけど……それをずっと進んで行った先には、新信濃《しんしなの》変電所があるんだ」

帆月が再び「え？」と小さな声を上げる。

「信濃って……長野？」

「そう。つまりさ、この京北線の送電線は、帆月が引っ越す先にある鉄塔の送電線と繋がってるんだよ。この公園と帆月の新しい家は、送電線で繋がってるんだ。僕は毎日鉄塔を見るから、そのたびに帆月のことを思い浮かべるだろうし、帆月も新しい家の近くにある鉄塔を見れば、この公園とか、僕たちを忘れることは、ないんじゃないかな」

そこまで言って、僕は大きく息を吸い、盛大に吐き出した。こんなに一気に喋ったのは久しぶりだった。

「……本当？」

帆月が窺うように尋ねてくる。

「本当」

僕は大きく頷き、

「多分」と付け足した。

「多分なの？」

「僕はほら、知識だけだから」

僕がそう言うと、帆月は、ふふ、と声を上げた。

僕も、釣られて笑う。

「じゃあ、こうしようよ。一緒に送電線を辿ろう。距離があるからずいぶんと時間は掛かるだろうけど……そうすれば、ここから帆月の家までが本当に繋がっているかどうか分かるでしょ？」

「それって……デートの誘い？」

「え？　あ、いや、そういうわけじゃ」

僕がおろおろしていると、帆月は「繋がってなかったら、ひどいから」と、また笑った。

その声が、その顔が、いつもの調子だったので、僕はそれが何よりも嬉しかった。

「あ」

帆月が94号鉄塔を見上げて、声を上げる。

「どうしたの？」

僕は、帆月の横に並んで、同じように鉄塔を見上げた。

「あれ、見えない?」

「何も」

帆月が僕の手首を摑み、そして、僕の手を握る。その瞬間、僕の心臓が大きく跳ね、鼓動は一気に速まった。帆月はそんな僕を見て、にんまりと笑う。

僕は、ほんの少しだけ強く手を握った。その手に、同じだけの反応が返って来る。

そうして、二人して見上げた夏の高い空の下に、京北線94号鉄塔が凛《りん》と立っている。

あとがき

　このたびは『君と夏が、鉄塔の上』をお手に取って下さり、ありがとうございます。著者の賽助《さいすけ》と申します。幸いにも、デビュー作である『はるなつふゆと七福神』から一年経たずして、二作目を上梓《じょうし》させて頂くことが出来ました。本当にありがたい限りです。

　そして、こうしてあとがきまで書かせて頂ける。小説の最後にあとがきを書く「あとがき書き」を目指していた自分にとっては、夢のような話です。

　少々恥ずかしい話ではありますが、僕は一作目が発売される少し前から、肩書きに「小説家」と記すようにしておりました。しかし、いざ誰かと挨拶するにあたり、自分を説明するのがひどく難しいのです。なにせ一冊も本が出ていない小説家なのですから、その怪しさは「彼女など出来たことがない男子中学生が恋愛の説教をする」くらいの怪しさです。

「初めまして。小説家の賽助です。あっ、いえ、まだ発売されてはいないんですが……もうすぐ、書店に並ぶ予定となっております。はい、本当です。えっ、証拠ですか？　ええと、ちょっと、担当と電話を繋ぎますので、お話をして頂いても宜しいですか？」

　デビュー作が出版される以前には、このような断りを入れながら、それはもう、しどろもどろで挨拶をしていたものです。しかし、それが今となっては、

「初めまして。小説家の賽助です。はい、そうです。一冊、出版されています！　それがこれです！」

　このように、語尾に感嘆符をくっつけるほどの勢いで挨拶することが出来るようになり、その証拠を提出することも出来るようになりました。

　そして、二作目が発売された今となれば、これはもう立派な小説家でありますから、挨拶の仕方も自ずと変わってくるはずです。

「初めまして……だったですかね。いや、すみません。たくさんの方にご挨拶して頂いたものですから――そうです、すでに二作が出版されている小説家の賽助です。いやいや、そんな、すごいだなんて、小生《しょうせい》なんてまだまだですよ。はっは。では次の方、どうぞ」

　若干、天狗になり過ぎているような気もしますし、持て囃《はや》され過ぎている気もしますが。

　今作『君と夏が、鉄塔の上』は、僕が以前から書き認《したた》めていた作品であり、とても思い入れの強い小説となっております。本著に登場する伊達くんほどではありませんが、僕も『鉄塔』という建築物に魅せられた一人であり、その魅力が少しでも皆様に伝われればと思う次第です。

　世の中には『鉄塔好き』という奇特な嗜好を持っている人間が少数ながら存在するわけですが、そもそも、何故この小説を書こうと思い至ったのか、何故鉄塔に魅力を感じるようになったのかを、少し書かせて頂こうと思います。

　僕が鉄塔に興味を持ち始めたのは二十代前半ごろと少し遅いのですが、その頃僕は、祖父の見舞いのために長崎県を訪れていました。この祖父との出逢いに関して、実は二十歳まで祖父の存在を知らなかったという複雑な経緯があるのですが、それはまた別の機会にお話しさせて頂くとして、その頃の僕は『巨大建造物』に心を惹かれておりました。どうせお見舞いに行くのなら、ついでに九州地方を巡ってみようか——と思い立った僕は、長崎県の端《は》島《しま》、福岡県の旧志免鉱業所竪坑櫓《きゅうしめこうぎょうしょたてやぐら》、日本一大きな釈迦涅槃像《しゃかねはんぞう》がある南蔵院《なんぞういん》などを巡っては、「すごい、でかい」とほとんど語彙を失いつつ、下半身を萎縮させながら興奮していたのですが……いざ、関東に戻ってみると、周囲にはこれといった巨大建造物がほとんどありません。

「これでは下半身を萎縮させることが出来ないぞ」

　僕は、ペットロスならぬ、軽い『巨大建造物ロス』に陥っていたのです。

　そんな時、僕の目の前に現れたのが、本著にも登場する京北線の鉄塔群でした。この鉄塔、以前からその場所に建っていたはずなのに、あまりにも風景に溶け込みすぎていたためか、僕はその存在をほとんど認識していなかったのです。

　そして、いざ鉄塔を意識し始めると、その巨大さと造形の奇妙さに、ぐいぐいと心を惹かれるようになりました。

「なんでこいつらはこんな変な形をしているのに、風景に溶け込んでいるのだろう。みんな、気が付いていないのだろうか」

　皆さんの周りにも、きっと鉄塔は立っているはずです。ですが、しっかりとその存在を認識されたことは、実はあまりないのではないでしょうか？　電力を運ぶという、生活に密接に関係する役割を担っているにもかかわらず、認識されてはいない存在――それが鉄塔なのです。

　そこから僕は、『毎日送電線』、『送電鉄塔見聞録』、『みそがいのこれは・これは』などの鉄塔関連のウェブサイトを読み漁るようになり、銀林みのる先生の著作である『鉄塔　武蔵野線』やサルマル　ヒデキさんの著作である『東京鉄塔』などを読み耽るようになりました。僕が得た知識のほとんどは、そういった偉大なる先駆者様からお借りしたものばかりです。また、本著は様々な作品から影響を受けておりますが、特に『鉄塔　武蔵野線』からは多大な影響を受けております。この作品がなければ、僕が本著を書くことはなかったはずです。誠に勝手ではございますが、この場をお借りして、厚く御礼を申し上げます。

　そういった経緯がありまして、この鉄塔の魅力を少しでも伝える作品が書けないものかと捻り出したのが、この小説になります。鉄塔の面白さと、ヘンテコな物を愛する人間の魅力が少しでも伝わっていれば幸甚《こうじん》に存じます。本著は実在する地名、建造物などを元にしてはいるものの、幾つか、想像上の産物が混在しています。

たとえば、荒川沿岸に高層マンションは建設されておらず、また、調神社で行われた夏祭りは、毎年同神社にて開催される「十二日まち」と呼ばれる冬のお祭りをベースにした架空のお祭りとなっております。

　あくまでも小説内の事柄としてご理解頂ければ幸いです。

またいずれ、三冊目が発売された頃には、天狗の鼻も折れ、きっと、もっと立派な「あとがき書き」になっていると思いますので、皆様、その時まで。

この本が出版されるにあたり、ご協力下さいましたディスカヴァー・トゥエンティワンの林さん、前作に引き続きカバーデザインを担当して下さったbookwallの松さん・築地さん、素敵なイラストを描いて下さったイラストレーターの栄太さん、公私にわたり支えて下さった渡辺さん、浜本さん、新出さん、大久保さん、並びに、出版に関わって下さったすべての皆様と、ご購入頂いたすべての皆様に、厚く御礼申し上げます。

賽助

泣ける話は、もう飽きた。
第2回本のサナギ賞大賞作!!

出会いは最悪。難儀な性格。それでもボクらは離れない。
もらす男となくす女の「運命のひと」探しが
あなたのおなかをくすぐります

『ウンメイト』 百舌涼一（もず・りょういち）

1400円（税別）

Story

通勤途中に猛烈な便意を感じた「ボク」は、間一髪、駅のトイレにかけこむ。しかし、扉が開くとそこには絶世の美女が眠っていた。

酔っ払うと記憶を失くしてしまう破天荒な彼女、「ナタリー」に、ボクは「ゲーリー」というあだ名をつけられる。さらに「ワタシの運命のひとを探してほしい」と依頼され、その夜からナタリーいきつけのバー「おととい」で彼女の男漁りを見守ることになってしまう。

しかし、彼女の前に現れるのは、変わった悩みを抱える男たちばかり。はたしてゲーリーは、ナタリーの「運命のひと」を見つけることができるのか……！

君《きみ》と夏《なつ》が、鉄《てっ》塔《とう》の上《うえ》

発行日　2016年7月15日　第1刷
2016年8月25日　第2刷

Author　賽《さい》助《すけ》

Illustrator　栄太
Book Designer　bookwall

Publication　株式会社ディスカヴァー・トゥエンティワン
〒102-0093　東京都千代田区平河町2-16-1 平河町森タワー11F
TEL 03-3237-8321(代表)
FAX 03-3237-8323
http://www.d21.co.jp

Publisher　干場弓子
Editor　林 拓馬

Marketing Group Staff
小田孝文　中澤泰宏　吉澤道子　井筒浩　小関勝則　千葉潤子　飯田智樹　佐藤昌幸
谷口奈緒美　山中麻吏　西川なつか　古矢薫　原大士　郭迪　松原史与志　中村郁子
蛯原昇　安永智洋　鍋田匠伴　榊原僚　佐竹祐哉　廣内悠理　伊東佑真　梅本翔太
奥田千晶　田中姫菜　橋本莉奈　川島理　倉田華　牧野類　渡辺基志　庄司知世　谷中卓

Assistant Staff
俵敬子　町田加奈子　丸山香織　小林里美　井澤徳子　藤井多穂子　藤井かおり
葛目美枝子　伊藤香　常徳すみ　イエン・サムハマ　鈴木洋子　松下史　永井明日佳
片桐麻季　板野千広　阿部純子　岩上幸子　山浦和

Operation Group Staff
松尾幸政　田中亜紀　福永友紀　杉田彰子　安達情未

Productive Group Staff
藤田浩芳　千葉正幸　原典宏　林秀樹　三谷祐一　石橋和佳　大山聡子　大竹朝子
堀部直人　井上慎平　塔下太朗　松石悠　木下智尋　鄧佩妍　李瑋玲

Proofreader　株式会社鷗来堂
DTP　アーティザンカンパニー株式会社
Printing　共同印刷株式会社

ISBN978-4-7993-1926-0